書下ろし

伽羅《きやら》の残香

風烈廻り与力・青柳剣一郎㊴

小杉健治

祥伝社文庫

目次

真崎稲荷
浅草橋場
山谷堀
吉原
入谷田圃
浅草寺
花川戸
骨董屋『高貴堂』
吾妻橋
田原町
料理茶屋『むらこし』
池之端仲町
不忍池
湯島天神
三味線堀
浅草三間町
下谷広小路
神田明神
向柳原
神田佐久間町
神田川
両国橋
筋違橋
竪川
隅田川
新大橋
小名木川
海辺大工町
仙台堀
永代橋
深川冬木町
八丁堀
南町奉行所

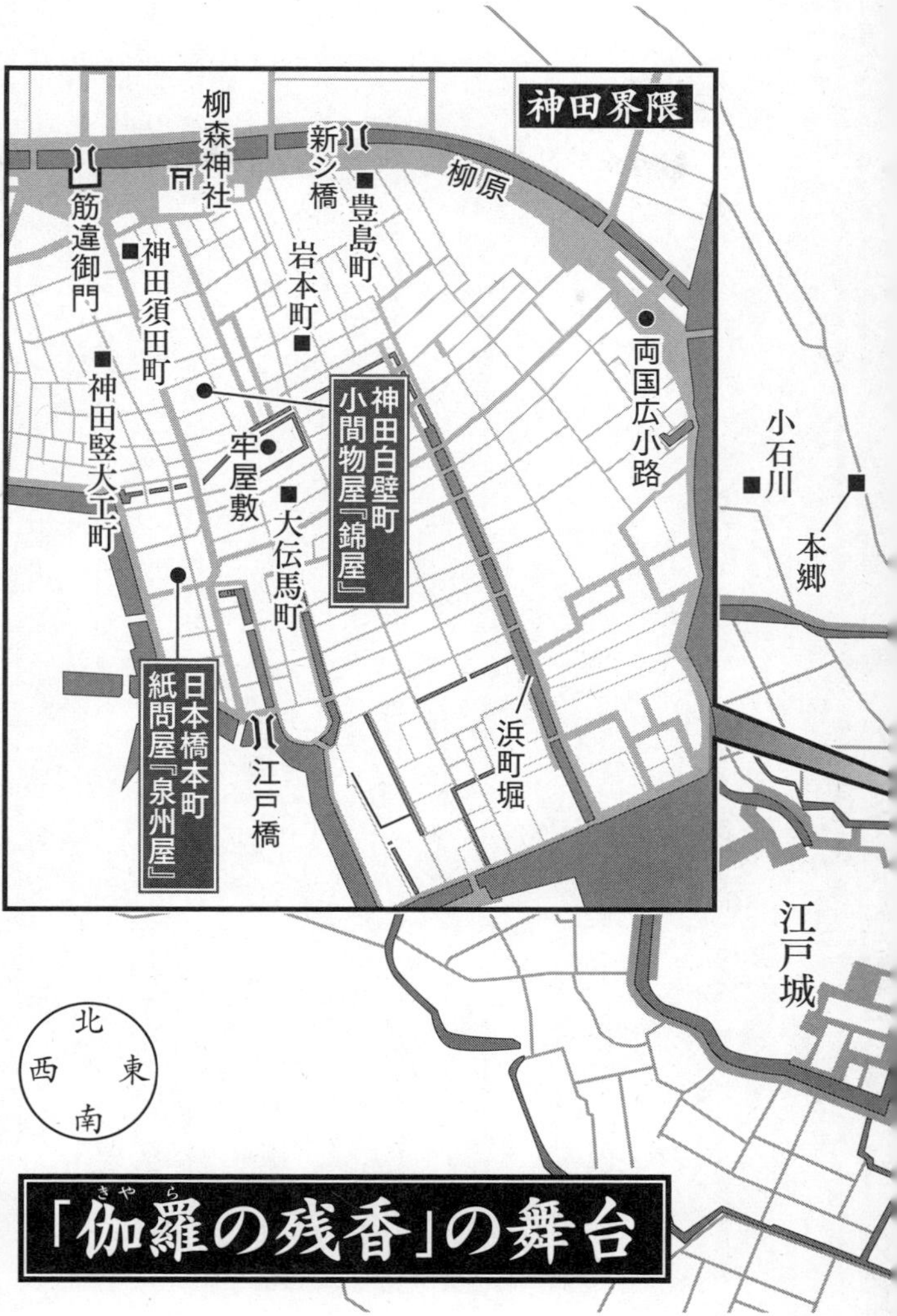

「伽羅《きやら》の残香」の舞台

第一章　伽羅《きやら》の香り

一

青柳剣一郎《あおやぎけんいちろう》がはじめてその男に会ったのは、風烈廻《ふうれつまわ》り与力《よりき》として同心《どうしん》の礒島源《いそじまげん》太郎《たろう》と大信田新吾《おおしだしんご》とともに町廻りに出たときだった。

風烈廻りの見廻りは、失火《しっか》や不穏《ふおん》な人間の動きを察知して付《つ》け火などを防ぐために行なわれるが、特に風の烈《はげ》しい日は剣一郎もいっしょに見廻りに加わる。

夕方になって風も治《おさ》まり、剣一郎の一行は下谷広小路《したやひろこうじ》から筋違御門《すじかいごもん》を抜けた。八辻《やつじ》ヶ原《はら》も紙や板切れ、壊《こわ》れた桶《おけ》などが転がっていて、風の強さを物語っていた。

神田須田町《かんだすだちよう》に入ったとき、子どもの手を引いた見すぼらしい女に声をかけた男がいた。子どもの着ているものも継《つ》ぎ接《は》ぎだらけだ。

男は三十半《なか》ば、羽織姿で上物の着物を着ていた。男がしきりに何か言っている。母親らしい女は困った顔をしていた。やがて、男は懐《ふところ》から財布を出した。

女が受け取りを拒《こば》むと、さらに財布から金を出した。

女が渋々のように金を受け取り、子どもが手にしていた風車《かざぐるま》を取りあげた。

子どもが泣きだした。しかし、女は戸惑いながらも男に風車を渡した。

男は風車を持って、こちらに向かってきた。羽根が風を受けてぐるぐるまわっていた。背後で、子どもは泣いたままだ。

「なんてことを。青柳さま、我慢なりませぬ」

幼い子がいる礒島源太郎が、剣一郎に断り、男を呼び止めた。

「待て」

「これは八丁堀《はっちょうぼり》の旦那《だんな》。何か」

男は動じることなく立ち止まった。

「今、何をしたのだ?」

「えっ? 何がですか」

男はとぼける。

「可哀《かわい》そうに、子どもが泣いているではないか」

「泣いていますね」

「泣いている？　それだけか」

源太郎が唖然《あぜん》とする。

「そなたが風車を取りあげたからではないのか」

「とんでもない。金で買ったので、取りあげたわけではありません」

「子どもにしたら取りあげられたも同然だ」

「また、買えばいいでしょう」

男は平然と言う。

「そなたこそ、風車売りから買えばよかったではないか」

「近くにおりませんから」

「なぜ、そこまでして風車を手に入れようとした？」

「これから訪ねる家に子どもがいることを思い出しましてね。あの子の持っている風車が目に留まったとき、はじめて土産《みやげ》にしてやろうと思いついたのです」

「ずいぶん身勝手な振る舞いではないか」

「そんな非難されることでしょうか。わかりませんな」

男は冷笑を浮かべたが、

「なんだか、けちがついてしまいました。こんなものを土産には持っていけない。旦那、返しますよ」

と、風車を源太郎に渡した。

「そなたから返せ」

「いや、先を急ぎますので」

そう言い、男は剣一郎の脇を通るとき軽く会釈《えしやく》をし、八辻ヶ原のほうに歩いて行った。

剣一郎は、去って行く男のあとを、目付きの鋭《するど》い遊び人ふうの男がつけて行くのに気づいた。三十前後の細身の男だ。

「なんという奴だ」

源太郎の声に、剣一郎ははっと我に返った。

「あっ、そうだ。これを返してきます」

源太郎は手にした風車に気づき、急いで母子のあとを追った。母子は日本橋《にほんばし》方面に向かっていた。子どもの泣き声が聞こえてくる。

母子に追いつき、源太郎が風車を渡すと、子どもはすぐに泣き止んだ。子どもの顔に笑みが戻った。

母親が何か源太郎に渡そうとしている。だが、源太郎は受け取らず、戻ってきた。

「青柳さま。お待たせして、申し訳ありませんでした」

「いや。母親は金を返そうとしたのか」

剣一郎はきいた。

「はい。でも、私は受け取れないので、もらっておけ、改めて礼をしに行けばいいと言いました」

「しかし、あの男はどこの誰かわかっておるのか」

「はい。教えてやりました」

「知っているのか」

「小間物屋『錦屋《にしきや》』の主人で卯三郎《うさぶろう》という男です」

「なに、卯三郎とな？」

剣一郎はきき返した。

「ご存じですか」

「植村京之進《うえむらきようのしん》から聞いたことがある」

「そうですか。あんないやしい男はいないと思います」

あれほど欲の強い人間がいるのかと、そのとき京之進が呆《あき》れ返っていた。めったにひとをけなすことのない京之進が話に持ち出したのだから、よほど腹にすえかねていたのだろう。

卯三郎はここ三年ばかりの間に急に伸《の》してきた小間物屋『錦屋』の主人である。小間物の行商から身を起こし、神田白壁町《しらかべちょう》に小さな店を出したが、開店と同時に売り出した『伽羅《きゃら》の香り』という鬢《びん》付け油が評判を呼び、急激に店を拡張した。

「そんなに評判が悪いのか」

「阿漕《あこぎ》な商売をしているとか、ひとを貶《おとし》めるとか、そういうことはしないのですが、我欲が強すぎるのです」

「我欲か」

「はい。今のように、いったん自分が欲しいと思ったら、どうしても手に入れたくなる性分なのです。そのくせ、飽《あ》いたらすぐ放り出す」

「うむ。確か、京之進も同じようなことを言っていたな」

「いやしいのは金で何でも自分の思い通りにしようとすることです」

源太郎はさらに続ける。

「大金を手にして、自分が偉《えら》い人間だと勘違いしてしまったんです。欲しいものはなんとしても金で手に入れるという男です」

「そうらしいな」

京之進が言っていたのは、元浜町《もとはまちょう》に住む浪人夫婦の家に押し掛け、浪人の妻女が持っていた龍の形をした香炉《こうろ》を、金にものを言わせて手に入れたという話だった。

たまたま、京之進がその長屋に行ったとき、卯三郎が香炉を手に入れようと掛け合っているところに出くわしたらしい。

「もともとは小間物の行商をしていたそうだな」

剣一郎は京之進の話を思い出してきく。

「はい。噂《うわさ》ですが、『錦屋』で売り出した『伽羅の香り』という鬢付け油にしても、誰かが考えついたのを自分のものにしてしまったということです」

源太郎は言ったあとで、

「もっとも、その噂は商売敵《がたき》の小間物屋が妬《ねた》みから言ったのだと思いますが」

「『伽羅の香り』というのは、そんなに売れているのか」

「はい。ほんとうに伽羅の香りがするそうです。私は匂《にお》いに敏感なほうではないのでわからないのですが、私の家内も愛用していて、匂いがとてもいいと気に入っています」

「そんなにいいものなのですか」

大信田新吾が口をはさむ。

「おや、新吾。そなたは独り身だが、さては好きな女子《おなご》に渡すのか」

源太郎がにやついてきいた。

「違います。そんなんじゃありません。ただ、きいてみただけです」

「新吾。何も隠す必要はない」

剣一郎も笑いながら言う。

「違います」

新吾は下を向いてしまった。

「まあ、いずれにしろ、すっかり卯三郎に早く嫁《よめ》が来てもらいたいものだ」

源太郎が言い、卯三郎のことから新吾の話に移っていた。

剣一郎は卯三郎のあとをつけて行った遊び人ふうの男を目で探した。すでに男は、卯三郎を追って八辻ヶ原に消えていた。

その夜、剣一郎は妻女の多恵《たえ》にきいた。

「『錦屋』で売り出されている『伽羅の香り』という鬢付け油を知っているか」

「はい。以前『伽羅之油』という鬢付け油が流行《はや》りましたけど、それには麝香《じゃこう》や丁子《ちょうじ》、白檀《びゃくだん》などを混ぜていい香りをさせていたのですが、『伽羅の香り』はほんとうに伽羅の匂いがするのです」

伽羅は最高級の香木《こうぼく》である。一片でも数百両はくだらない。それだけ高価なものだからほんものの伽羅は到底《とうてい》使えないだろう。そうすると、伽羅のような匂いを造り出すことに成功したのか。確かに、そんな鬢付け油が手に入るなら、少しぐらい高くても客が殺到するに違いない。

「『伽羅の香り』の匂いを嗅《か》いだことがあるのか」

「志乃《しの》が買ってきたことがあります」

「志乃は『伽羅の香り』を使っているのか」

志乃は倅剣之助《せがれけんのすけ》の嫁だ。

「いっとき使っただけです。値がはるものですから、もったいないと言って、今はたまにしか使っていません」

「そんなに高価なものか」

「いえ、ほんものの伽羅を使っているわけではないので、高価といってもそれほどではありません」

「それでも『伽羅の香り』はほんとうに伽羅の匂いがするのだな」

「はい、しました」

多恵は香道《こうどう》を嗜《たしな》んでいて、香を聞くことに長《た》けている。

「『伽羅の香り』がどうかしたのですか」

「『錦屋』をあっという間に大店《おおだな》に伸し上げた鬢付け油がどんなものか、ちょっと気になっただけだ」

「そうですか」

『伽羅の香り』は、誰かが考えついたのを卯三郎が自分のものにしてしまったという噂にも、どこか引っかかっていた。

翌朝、髪結《かみゆ》いがやって来て、剣一郎の月代《さかやき》を当たりはじめた。

「『錦屋』で売り出した『伽羅の香り』を知っているか」

「はい。伽羅の香りがするという評判ですね」

髪結いは答える。

「持っているのか」

「いえ、あっしのお客さんは以前からあった『伽羅之油』で十分満足なさってお
いでですから。ですが、商家の旦那衆、特に若旦那衆はお使いなさいますね。と
りわけ吉原《よしわら》に行くときはお手持ちの『伽羅の香り』を使ってくれと言われます」

「なるほど、女に会いに行くときか」

「はい」

髪結いは元結《もとゆい》を外し、髻《もとどり》をばらして、髪を梳《す》きながら、

「やはり、香りに敏感なのは女のほうでしょうから」

「なるほどな。ところで、『錦屋』の主人卯三郎を知っているか」

剣一郎はついでにきいた。

「はい。何度かお会いしたことがあります」

「どんな男だ？」

「義理堅《がた》く、腰の低い男です。ただ、性癖《せいへき》がよくないという噂です」

「ほう、性癖がよくないとは？」

剣一郎はあえてきく。

「ひと言で言えば、貪婪《どんらん》です」

「貪婪か。たとえば？」

「他人のものでも、自分が欲しいと思ったら何でも手に入れようとします。その最たるものは、今のかみさんでしょう」

「どういうことだ」

「へえ、卯三郎のかみさんは、おいとって女で、評判の美人だそうです。そのおいとは半年前まで鉄平《てっぺい》という大工のかみさんでした」

「なに、ひとのかみさん」

「はい。卯三郎は一目惚《ぼ》れをしたみたいで、亭主の借金を肩代わりして、おいとを自分のものにしたんです」

「それにしても、なぜ鉄平は自分のかみさんを売り飛ばすような羽目に陥《おちい》ったんだ?」

「手慰《てなぐさ》みです」

「博打《ばくち》か」

「その借金を立て替える代わりにかみさんを自分のものにしたってわけです。ひどい話ではありませんか」

髪結いは腹立たしげに言う。

「で、おいとは今は卯三郎といっしょに住んでいるのか」

「はい。『錦屋』で、店番に出ています」

「そうか」

「でも、卯三郎はものを欲しがるくせに、いったん手に入れてしまうと飽きるのも早いようです」

「飽きるのも早い？」

「ええ、強欲で飽きっぽい。そんな大きな欠陥がある男なんですが、これがまた始末の悪いことに、卯三郎は商売人としてはひと当たりがいいし、威張《いば》ったところもない。金に汚くなく、決してひとを裏切らない。律儀《りちぎ》な男です。もし、貪婪さがなければ、一廉《ひとかど》の人物ってとこでしょうが、完璧な人間なんていないってことをまさに物語っているような男です」

髪結いは髷《まげ》を結び、元結で縛《しば》った。

「おいとの元亭主の鉄平はどんな男だ？」

「二十代半《なか》ばくらいで、中肉中背の男でした。ときたま、『錦屋』の店先にやってきて、店番をしているおいとを見ているようです。私もそんな鉄平を見かけたことがあります」

昨日の昼間、風車を子どもから取りあげた卯三郎のあとをつけて行った男は、背恰好から鉄平ではないようだった。

「あの貪婪さは病気なんでしょうか」

「いや、人間の持つ業《ごう》かもしれない。自分ではどうしようもないのだろう。欲は人間なら誰しもあろう」

剣一郎は卯三郎に同情した。貪婪とはいえ、金儲《もう》けに走ったり、権勢《けんせい》を欲して権力者に近付いたり、たくさんの女を侍《はべ》らしたりという醜《みにく》い欲とは無縁のようだ。

ただ、そのときの感情に任せて欲求が起きるのだろうか。

そのとき、猫の鳴き声が聞こえた。

「おや、猫をお飼いで？」

髪結いが不思議そうにきいた。

「いや。庭に入り込んだのだろう」

「そうですか」

髪結いは髭《ひげ》を当たった。その間、押し黙った。

猫の鳴き声はあれきりしない。庭に来たことを知らせているのだ。

濡《ぬ》れた手拭《てぬぐ》いで顎《あご》を拭《ふ》き、

「おつかれさまでした」

と、髪結いは剣一郎の肩にかけた手拭いを外して言った。

「ごくろう」

剣一郎は労《ねぎら》った。

髪結いが道具を片づけ、

「では、失礼いたします」

と、挨拶《あいさつ》して立ち上がった。

髪結いが引き上げたあと、剣一郎は濡縁《ぬれえん》に出た。

初秋の風が爽《さわ》やかに吹いてきた。

その風に紛れるように、音もなく、太助《たすけ》が庭先までやってきた。二十四、五のすっきりした顔だちの男だ。

「すみません。勝手に入り込んで」

太助は猫の蚤《のみ》取りをしている。近頃、猫を飼う人間も多く、猫の蚤取りは流行っているようだ。太助は蚤取りだけでなく、いなくなった猫を捜す仕事もしている。

「いや、構《かま》わぬ」

「へえ。何か御用はございますか」

「今日のところは、特にない」

「そうですか」

太助は落胆したように言う。

三月《みつき》ほど前、神田明神《みょうじん》の近くでひとが殺されたとき、太助が不審な男を見たと名乗り出てくれた。それ以来のつきあいだ。

太助は子どものころから青痣《あおあざ》与力が憧《あこが》れだったと言い、少しでも剣一郎の力になりたいと訴えている。

ふた親を早くに亡くした太助は、十歳のときからシジミ売りをしながらひとりで生きてきた。でも、寂しいのと仕事が辛い上に稼《かせ》ぎも少なく、こんな暮らしなんかまっぴらだとくじけそうになったとき、剣一郎から声をかけられたという。

剣一郎も神田川の辺《ほとり》でしょぼんと川を見つめている男の子に声をかけたことを覚えていた。

「おまえの親御はあの世からおまえを見守っている。勇気を持って生きれば、必ず道は拓《ひら》ける」

剣一郎の言葉に、太助は勇気を得、江戸の町やひとびとの仕合《しあ》わせを守っている青痣与力の噂を聞くたびに、くじけそうになる心が奮《ふる》い立った。剣一郎に励《はげ》まされたことが太助の生きる支えになったという。

「太助。そなたに手を貸してもらうときがきたら、遠慮なく頼む。だが、手を借りずに済むならそれに越したことはない。それだけ、世の中が平穏だということだからな」

剣一郎はがっかりしている太助に言う。

「そうですね」

太助はにこりとした。

「じゃあ、あっしは猫の蚤取りをしてきます」

「待て。茶でも飲んでいけ」

「いえ、またお邪魔します」

太助は素早く庭から消えた。

これまで、剣一郎の手足となって動き回っている男がいた。文七《ぶんしち》だ。何ごとにも対応出来る頭の柔らかさと才覚があった。

文七は多恵の腹違いの弟で、二十九歳だ。いつまでも自分の手先にさせておくのではなく、文七の身が立つようにしてやりたい。これまで自分のために働いてきてくれた労に報《むく》いてやりたいのだ。

だから、太助の出現はありがたかった。これを機に、文七を自分の手先から解放してやろう。剣一郎はそう思っていた。

二

数日後、剣一郎は非番の折りに小石川《こいしかわ》にある多恵の実家へ向かった。

多恵は西《にし》の丸御納戸役《まるおなんどやく》湯浅高右衛門《ゆあさこうえもん》の娘で、高四郎《こうしろう》という弟がいる。数カ月前に流行り病にかかり、高四郎は床《とこ》についた。

その後、全快し、床から離れたということだったが、最近になって病がぶり返し、再び寝込んだという知らせがふつか前にあった。剣一郎は心配になって見舞いに顔を出したのだった。

高四郎は庭に面した部屋で寝ていた。その姿を見て、はっとした。顔は青白く、ふくよかだった顔も細くなっていた。

「高四郎、どうだ?」

衝撃を抑《おさ》え、剣一郎は枕元に座って声をかけた。

高四郎は目を開けた。

「ああ、義兄上《あにうえ》。来てくださったのですか。すみません。お忙しいのに」

高四郎は弱々しい声で言う。

「どんな具合だ？」

「はい。なんだか、徐々に体が弱っていくのがわかります」

「病は気の持ちようだ。心を確かに持て」

「近頃」

高四郎はふと口を開いた。声が小さく聞き取りにくいので、剣一郎は前屈《かが》みになって耳を近づけた。

「義兄上にはじめてお会いしたときのことがよく思い出されるのです」

高四郎は目をとろんとさせながら言う。

「八丁堀のお屋敷まで訪ねたときのことです」

「うむ。元服《げんぷく》したばかりのころだったな」

「はい。青痣与力にどうしてもお会いしたかったのです」

剣一郎が与力になりたてのころだった。押し込み事件があり、その押し込み犯の中に単身で乗りこみ、賊《ぞく》を全員退治した。そのとき頬《ほお》に受けた傷が青痣として残った。その青痣が、勇気と強さの象徴のように思われたらしい。それから、ひとびとは畏敬《いけい》の念をもって、剣一郎のことを青痣与力と呼ぶようになったのである。

青痣与力として市井《しせい》で評判になりはじめた剣一郎に、当時高四郎が憧れを持ち、わざわざ八丁堀まで訪ねてきたのだ。

高四郎は剣一郎に会うと、心から感激し、たびたび屋敷にやって来るようになった。

「兄になってくださいという私の不躾《ぶしつけ》なお願いを聞いてくださり、感謝をしています」

高四郎がそんな言い方をすることに不吉なものを覚えながら、

「まさか、ほんとうに兄弟になる話とは思わなかった」

と、剣一郎は微笑《ほほえ》んで言う。

あるとき、高四郎はこう言った。

「自分には姉がいますが、昔から兄が欲しかったのです。私の兄になっていただけたら仕合わせなのですが」

「喜んでなるよ」

剣一郎も高四郎を弟のように思っていたので気安く返事をした。

後日、高四郎が姉多恵とともに屋敷を訪ねてきたのだ。それが多恵との出会いだった。

「そなたのおかげで、多恵に巡《めぐ》り逢《あ》えた。わしのほうこそ、感謝している」

剣一郎が言うと、高四郎は口許《くちもと》を綻《ほころ》ばせた。

高四郎は目を閉じていた。

「高四郎」

剣一郎は声をかけた。

微《かす》かに寝息が聞こえてきた。

「また、来る。ゆっくり休むがよい」

剣一郎は声をかけ、別間に行った。

義母と差し向かいになった。

「全快したのではなかったのですか」

剣一郎はきいた。

「そう思っていたのですが、床上げ後も食が進まず、だんだん痩《や》せていって。十日ほど前から体がだるそうで、とうとうまた寝込んでしまいました」

義母は辛そうに言う。

「医者はなんと？」

「それが……」

義母は目尻を拭った。

「まさか」

「今日明日ではないそうですが、年内持つかどうかだと……」

「なんですって」

「他の医者にも診《み》ていただきました。みな、同じような診立《みた》てでした。心ノ臓の働きがかなり弱っているそうです」

義母は沈《しず》んだ声で言った。

「多恵が聞いたら、さぞ驚くことでしょう」

剣一郎はやりきれないように唇《くちびる》を噛《か》んだ。

「明日にでも、多恵を寄越します」

剣一郎はため息混じりに言った。

多恵の実家を出て深編笠《ふかあみがさ》をかぶり、剣一郎は本郷《ほんごう》通りに入った。その足どりは重かった。なぜ、こんなことになったのだと、剣一郎は何度も呻《うめ》いた。

高四郎に死期が迫っている。信じられなかった。病は全快し、元気になったはずだった。それなのに、なぜ急転したのか。

やはり、病は根治《こんち》していなかったのだ。医者の診立てに過《あやま》ちがあったのか。いや、何人かに診せたようだが、医者の手に負えない状態だったのだろう。

多恵はさぞ驚き、悲しむだろう。おそらく義母もずっと多恵には言えずにきたのだ。

本郷通りから昌平橋《しょうへいばし》を渡り、八辻ヶ原を突っ切り、須田町に入った。このま、まっすぐ帰って多恵に高四郎のことを告げねばならないことに気が重かった。

神田鍛冶町《かじちょう》一丁目に差しかかったとき、角からふたりの女が楽しそうに笑いながら出てきた。

手にした小さな壺《つぼ》に鼻をつけながら歩いてくる。すれ違ったとき、いい香りが漂《ただよ》ってきた。

「伽羅か……」

匂いに敏《さと》いわけではないが、なんとなく伽羅の香りのような気がした。

その角を曲がった先が白壁町だ。『錦屋』があることを思い出し、剣一郎はそこに向かった。

『錦屋』は間口が狭く、こぢんまりした店だ。だが、暖簾《のれん》の隙間から見える土間にはかなりの客の姿があった。

番頭や手代といっしょに忙しそうに客の相手をしている女が卯三郎の妻女のおいとであろう。なるほど、色白の美しい女子だ。

剣一郎は自分がなぜここまでやってきたかを自問した。用はない。しいていえば、『錦屋』を見てみたかっただけだ。

しかし、それもわざわざ寄り道までして見る必要はなかった。やはり、屋敷に帰るのを遅らせたいという気持ちからかもしれない。

多恵に残酷なことを告げなければならない。そのことから逃げ出したかったのだ。しかし、逃げるわけにはいかない。

剣一郎は店先から離れた。すると、前方から紺《こん》の腹掛けの男がやってきた。大工のようだ。二十五、六歳と見える中肉中背の男だ。

すれ違ったあと、剣一郎は振り向いた。男は『錦屋』の店先に立ち止まって、暖簾の隙間から中を覗《のぞ》きはじめた。

中から客が出てくると、あわててその場を離れ、客が去ってから、男は再び店の中に目をやった。

大工の鉄平かもしれないと思った。元の女房のおいとの顔を見に来たのだろう。まだ、未練があるようだ。

そのとき、裏口から路地をまわって、先日の男が現われた。卯三郎だ。店を覗いている男に気づいて、卯三郎は近付いた。

「何をしているんだね？」

その声に、職人ふうの男は飛び上がった。

「おや、おまえさんは鉄平ではないか」

卯三郎は男を見て口許を歪《ゆが》めた。

「こんなところで何をしているんだね。うちはおまえさんに家の修繕を頼んだことはありませんよ」

「…………」

「それとも、おいとの顔を見に来たのか」

卯三郎は眉根《まゆね》を寄せ、

「おいとは今は私の女房です。手慰みの借金のためにおいとを売り飛ばしたおまえさんは、どの面《つら》を下げて会うつもりなんですかね」

言葉づかいは軟《やわ》らかいが、内容は辛辣《しんらつ》だ。

「俺はもう手慰みなんかしちゃいねえ」

鉄平が喘《あえ》ぐように言った。

「そんな簡単に手慰みから足を洗えるものですか。口先だけならなんとでも言えます」

「鬼、ひとでなし。俺の女房を……」

「人聞きの悪いことを」

卯三郎はふんと鼻で笑い、

「そんなに威勢のいい啖呵《たんか》が切れるなら、堂々と会いに来ればいい。なんなら会わせてあげてもいいですよ。でも、おいとの顔をまともに見ることが出来ますか。それに、会えば未練が募《つの》ってかえって苦しくなるだけでしょう」

「ちくしょう」

「なんですね、その顔は。恨《うら》むのは筋違いってものです。みな、おまえさんが自分で蒔《ま》いた種だ。そうでしょう。おいとはその犠牲になったんです」

「………」

「さあ、早く帰って仕事をすることです。仕事をしていれば、おいとのことも忘れられるでしょう」

「待て」

鉄平が呼び止める。

「なんですね」

行きかけた卯三郎が振り返った。

「おいとが身籠《みご》もったってのはほんとうか」

「おや、どこからそんな話を？」

「ほんとうなのか」

「だったら、どうだと言うんだね」

「俺の子か」

「そんなはずないでしょう」

卯三郎は苦笑し、

「私は出かけなければなりませんので」

と言い、卯三郎はひとりで大通りのほうに向かった。

突然、鉄平が懐《ふところ》に手を入れた。そして、鑿《のみ》を取り出し、卯三郎を追いかけようとした。凄《すさ》まじい形相《ぎょうそう》だ。

「やめるのだ」

剣一郎は飛び出して、行く手に立ちふさがった。

「どいてください。あいつを許せねえ」

鉄平は泣き叫ぶ。

「大工の鉄平だな」

「どうして、あっしの名を？」

剣一郎は深編笠を外した。

「ひょっとして、青痣与力……」

左頬の青痣を見て、鉄平が目を見張った。

「卯三郎を襲っても何もなるまい。かえって、おいとを悲しませるだけだ」

「わかってます。わかってますが、気持ちが治まらねえんです」

「向こうへ行こう」

すぐ先に空き地があり、人気《ひとけ》はなかった。

「おいとの様子を見に来たのか」

「はい。もう、あっしとは関わりないとわかっていても、おいとが身籠もっていると聞き、ひょっとしたらあっしの子かもしれないと……。もし、あっしの子だとしたら、そろそろ生まれるかもしれません。そう思うと居ても立ってもいられなくなって……」

鉄平は一気に言ってうなだれた。

「もし、自分の子だったらどうするのだ？」

「それは……」

「そなたは、手慰みで大きな借金をこしらえたそうだな。よく考えてみろ。もし、半年前に卯三郎が手を差し伸べなかったら、そなたはどうなっていたのだ？」

「…………」

「おいとを岡場所に売るようなことになっていたんじゃないのか。それを考えたら、おいとは今は仕合わせそうではないか。生まれてくる子どもが、たとえそなたの子であったとしても、その子がどっちの親に育てられたほうが仕合わせか考えてみろ」

うっと呻《うめ》いて、鉄平は手で顔を覆った。

「酷なようだが、生まれてくる子どもの身になって考えるのだ。もしかしたら、ほんとうにそなたの子かもしれない。だったら、いつか父親だと名乗り出る機会もあろう。そのとき、堂々と父親だと言えるようになっておくのだ」

鉄平は嗚咽《おえつ》をもらした。

「今、そなたが出来ることは、父親として恥ずかしくない生き方をし、いつか名高い職人になって子どもと会う日を待つことだ」

「青柳さま。お言葉、身に沁《し》みました。必ず、子どもに誇《ほこ》れるような父親になって、いつか子どもに会いに来ます」

「そうだ。その意気だ」

剣一郎は励ました。

「失礼します」

鉄平は引き上げて行った。

剣一郎は改めて『錦屋』の店先に立ち、暖簾をかき分け、おいとを捜した。客の前から立ち上がったおいとの腹部はやはり大きくなっているようだった。

まだ明るいうちに剣一郎は屋敷に帰った。

着替えを手伝いながら、多恵がきいた。

「高四郎、そんなに具合が悪いのですか」

「どうして、そう思うのだ？」

剣一郎ははっとしてきき返した。

「帰ってきたときのおまえさまの様子や暗い顔色から想像がつきます。なぜか、私を避けようとしていた。何か話しづらいのだろうと思いました」

いつもながら、多恵の勘は鋭い。もし、男だったら、多恵は一廉の存在になっていただろう。

常着に着替え終え、剣一郎は改めて多恵と差し向かいになった。

「高四郎はかなり悪いようだ」

剣一郎は呻くように言った。

「そうでしたか」

多恵は気丈に答える。

「今年いっぱい持つかどうかという診立てだそうだ」

「そんなに……」

多恵は目を伏せた。

「全快したと思っていたが、さらに病は進行していたようだ。心ノ臓の働きがかなり弱っているらしい」

「そうですか」

多恵は目尻を拭った。

「明日にでも行ってくるがいい。留守は志乃に任せるのだ」

有能な与力の屋敷には、客が毎日何十人とやってくる。この客の応対に当たるのも妻女の役目だ。進物《しんもつ》を持って頼みごとにくる客を相手にするのは誰にでも出来るものではない。

多恵は十年以上も、この応対をしてきた。そして、伜剣之助の嫁志乃にその応対を教えている。

「そうさせていただきます」

多恵は沈んだ声で応じた。

剣一郎は窶《やつ》れた高四郎を思い出し、胸が張り裂けそうになった。

三

宮造《みやぞう》は本郷四丁目にある大角寺《だいかくじ》の庫裏《くり》を訪れた。

なかに通されたが、吉富紋之助《よしとみもんのすけ》はまだ来ていなかった。宮造は縁側に出て、外の風を受けながら、紋之助を待った。

紋之助は三千石の旗本瀬戸隼人《せとはやと》の家来で、三十過ぎの眼光の鋭い男だ。大柄で肩幅も広く、浅黒い顔だちもあいまって、まるで仁王《におう》像のような迫力がある。

宮造は一年余り前まで、駒込《こまごめ》にある瀬戸隼人の屋敷で中間《ちゆうげん》をしていた。奉公中は、紋之助の供をすることが多かった。

夜遅く、他の中間仲間と女中部屋の近くまで行って、女たちの様子を盗み見していた。

そんなある日、ひとりの朋輩《ほうばい》と女中部屋の窓の下に行き、部屋の中を窺《うかが》っているとき、突然大音声《だいおんじよう》がした。

紋之助に見つかったのだ。朋輩は逃げたが、宮造は捕まった。朋輩の名は問われても口にしなかった。その態度を紋之助は気に入り、許してくれた。

だが、宮造は懲《こ》りずに女中部屋の下まで忍んだ。そして、ついに女中のおくみと親しくなり、やがてふたりして屋敷を出奔《しゆつぽん》した。

浅草《あさくさ》の三間町《さんげんちよう》の裏長屋に住み、ふたりだけの暮らしがはじまった。

宮造は、口入れ屋で仕事を世話してもらっていたが、思ったような仕事はなく、やがておくみが田原町《たわらまち》にある料理屋に奉公するようになって、だんだん働かなくなった。

最初はおくみに食わせてもらっていることに忸怩《じくじ》たるものがあったが、それもしばらくすると当たり前と思うようになり、いつしか昔の仲間に誘われ賭場に出入りするようになっていた。そんな暮らしが一年近く続いたふた月前の五月半ば、吉富紋之助が長屋に訪ねてきたのだ。


その日、いつものようにおくみが料理屋に出かけたあと、宮造が近くの飲み屋に出かけようとしていたら、いきなり腰高障子《こしだかしょうじ》が開いて、武士が現われた。

「宮造。久し振りだな」

仁王のような顔をした紋之助が土間に入ってきた。

「あっ、吉富さま」

宮造は思わず腰を浮かしそうになって、

「どうしてここが?」

「そなたの力が必要なので捜した。見つけるまで三月近くかかった」

紋之助は鋭い目付きで言った。

口入れ屋などを訊き回ったらしい。

「おくみもいっしょか」

「へえ。今、働きに行ってます」

紋之助と顔を合わせるのはばつが悪かった。

「どうぞ。お上がりください」

「いや。ここでいい」

紋之助は腰から刀を外して上《あが》り框《かまち》に腰を下ろした。

「まさか、おくみのことで？」

宮造は畏《かしこ》まってきく。女中を連れ去ったことで、瀬戸隼人が怒っているのかと不安が芽《め》生《ば》えていた。

「そうではない」

「ほんとうですかえ」

宮造は紋之助の顔色を窺う。

「ほんとうだ」

「そうですか」

宮造はほっとした。

「吉富さまの顔を見たとき、おくみを連れ戻しに来たのかと思いました」

「じつは別の用だ」

紋之助が言う。

「なんでしょう?」

「宮造。そなたは口が堅い」

「へえ、それだけは請け合います。秘密は守るほうです」

「うむ。そのことも、そなたに頼む大きな理由のひとつだ」

「へえ」

宮造は緊張した。

「これから話すことは決して口外してはならぬ。よいな」

「へい。決して口外しません」

「よし」

紋之助は満足そうに頷《うなず》き、

「では、明日の昼前、本郷四丁目にある大角寺の庫裏《くり》にわしを訪ねろ。そこで、詳しい話をする」

紋之助は用心深かった。

「よいな。大角寺だ」

　そう言い、紋之助は引き上げていった。

　そして、翌日の昼前に大角寺の庫裏で、紋之助と会った。大角寺は瀬戸家の菩《ぼ》提寺《だいじ》であった。紋之助も大角寺の住職と知り合いだということらしい。

「三年半ほど前になるが、我が屋敷に念仏《ねんぶつ》の五郎《ごろう》という盗人《ぬすっと》が忍び込んだことがあった。覚えているか」

　念仏の五郎とは、三年半ほど前まで江戸で盗みを働いていた盗人の親玉だ。忍び込んだ家の柱に、自分の名前の千社札《せんじゃふだ》を貼っていくという。

　紋之助がおもむろに切り出した。

「へえ。確か、三百両を盗まれたってことでした」

　宮造はよく覚えている。

「そうだ。三百両だ。だが、他に盗まれたものがあった」

「えっ、なんですって」

　初耳だった。

　朝起きたとき、母屋《おもや》のほうで大騒ぎになった。柱に念仏の五郎の千社札が貼られていたのだ。そのとき、三百両が盗まれたということだった。だが、他に盗まれたものがあるとは聞いていなかった。

「じつは、念仏の五郎は三百両以外に、あるものを盗んだ。それは、さる大名家から預かっていたものだ」

「えっ、預かっていたものを盗まれたんですかえ」

「そうだ。その返済の期限がいよいよ来月に迫っている」

「たいへんじゃありませんか」

宮造は身を乗りだして言う。

「そうだ。それを見つけ出したいのだ」

「でも、どうやって?」

「手掛かりが見つかった」

「ほんとうですか」

「うむ」

「その前に、盗まれたものってなんですか」

「伽羅の香木だ」

「伽羅……?」

宮造は首をかしげた。

「まあ、いい香りのする木だ。その中でも最も上質なものだ。その原木《げんぼく》を借り受けていた。こともあろうに、念仏の五郎はその伽羅の原木を盗んだのだ」

「伽羅ですか。でも、今は念仏の五郎の名をまったく聞きません」

念仏の五郎は、十年近くの間、三月に一度の割合で盗みを働いていた。瀬戸家に忍び込んだふた月後、日本橋本町《ほんちょう》の紙問屋『泉州屋《せんしゅうや》』から千両を奪《うば》ったのを最後に鳴りをひそめている。

「それなのに、手掛かりが見つかったのですか」

「そうだ」

紋之助は低いが力のこもった声で、

「神田白壁町に『錦屋』という小間物屋がある。ここで売り出された『伽羅の香り』という鬢付け油が今評判を呼んでいる。伽羅の匂いがするのだ」

「鬢付け油ですか」

「『錦屋』では、伽羅と同じ匂いを出せる方法を考え出したということらしいが、ほんとうに伽羅を使っているのではないかと思えるのだ」

「盗まれた原木を使っているってことですかえ」

宮造はきいた。

「そうに違いないと思っている。主は卯三郎という男だ。そなたへの頼みとは、卯三郎の背後にいる人物を見つけ出してもらいたい。おそらく、それが念仏の五郎ではないかと思われる。宮造。もし、うまくいったら、十両やろう」

「ほんとうですかえ。やります。きっと期待に応えてみせます」

宮造は胸を叩《たた》いてみせた。喉から手がでるほど欲しい金だった。

襖《ふすま》の開く音にはっと我に返り、宮造はあわてて部屋の真ん中に戻った。

仁王のようなたくましい体が目の前に座った。宮造は思わず平伏した。

「宮造。どうだ？」

紋之助がきいた
「へえ。まだ、尻尾《しっぽ》を出しません」

頼まれてから、卯三郎のあとをつけたり、近所の人間にききこみをしてきた。

「用心深いのか」

「かなり。外出するときは常に尾行に気をつけています。ただ、それだけ秘密があるというわけですから、もうしばらく張りついていようと思います」

先日もあとをつけたが、卯三郎は新《あたら》シ橋《ばし》の船宿から猪牙舟《ちょきぶね》に乗った。土手沿いを追うと、舟は大川《おおかわ》に出て深川《ふかがわ》に向かった。

そして、卯三郎は着いたところからさらに別の船宿の舟で他の場所に移動しているのだ。尾行に気づいてのことではなく、最初からつけられていると思って動いているようだった。

「思いきって捕まえて口を割らすわけにはいかぬか」

紋之助は焦《じ》れたように言う。

「へえ。難しいかと。卯三郎はもともと小間物の行商をしていた男ですが、僅か三年で、『錦屋』をあそこまで栄えさせたんですから、肝《きも》っ玉はかなり据わっているとみなければなりません」

「一介の行商人がどうして念仏の五郎と知り合ったのか。そのことも不思議だ。念仏の五郎の一味ではないのに、どうして伽羅の香木を手に入れることが出来たのか」

紋之助は顔をしかめて言う。

「卯三郎を責めて、もし口を割らなかったら、念仏の五郎に逃げられてしまいます」

それで、念仏の五郎は盗人稼業から足を洗い、卯三郎に『錦屋』をやらせ、自分は背後で悠々自適《ゆうゆうじてき》の暮らしを送っているのではないかと思われた。

「狙《ねら》いは卯三郎ではなく、あくまでも念仏の五郎です。その唯一の手掛かりが卯三郎ですから、慎重に当たらないと」

宮造は言う。

「卯三郎は金では動かぬか」

「商売が順調にいっていて金には不自由ないようですから、金を積んだところで寝返るとは思えません」

「そうか」

「ただ、卯三郎は欲深い男だそうです。自分が気に入ったものを手に入れるためには金を惜しげもなく使うようです」

「ほう」

「先日も、貧しい母子から風車を取りあげていました」

宮造はそのときの様子を話した。

「妙な男だな」

「へえ。そこで、もし、卯三郎が欲しがるものがわかれば、そのことを利用出来るのですが、如何《いかん》せん、卯三郎の好みがまったくわからないんです」

　宮造は説明する。

「人妻を奪ったり、浪人の家にあった香炉を欲したり、さっきの風車だったりと、まったくまとまりがないんです」

「そうか。卯三郎にそんな性癖があるのか」

　紋之助は頷きながら考える。

「奉公人から卯三郎が何を求めているのかきき出せないか」

「奉公人ではわからないと思います。へたに近付いて、卯三郎に妙な警戒をされても」

「そうか」

「もう少し時間をください」

「うむ。しかと頼んだ。ひとがいるようなら応援は出す」

「へい。お願いいたします」

　そう答えたあと、宮造はふと思い出して、

「そうそう、ちょっと確かめたいことがあるんですが」

　と、宮造は切り出した。

「なんだ？」

「今回のこと、あっし以外にも命じた者がいるんですかえ」

「うむ？　どういうことだ？」

紋之助は怪訝《けげん》そうな顔をした。

「卯三郎を見張っているのはあっし以外にも誰かがいるんじゃないかと思ったものですから」

「何か、そのような気配があるのか」

「はっきりしないんですが、『錦屋』の前で、何度か莨売《たばこう》りの男を見かけたことがあるんです。卯三郎をつけているときも、莨売りの男を見かけました」

「莨売り？」

「へえ。長身の目付きの鋭い男です」

「…………」

紋之助は口を閉ざし、厳しい顔で考え込んだ。

「吉富さま。何か心当たりが」

宮造はきいた。

「いや、ない。だが、わし以外に、伽羅の秘密を嗅ぎつけた輩《やから》がいるのかもしれぬ。十分、注意をするのだ」

「へえ、畏まりました。じゃあ、あっしは」

辞儀をして立ち上がった。

山門を出てから、宮造は神田白壁町に向かった。

四半刻（三十分）余り後、宮造は白壁町の『錦屋』を見通せる場所にやって来た。絵草紙《えぞうし》屋の脇の道だ。そこから斜交《はすか》いに『錦屋』がある。

相変わらず、多くの人が出入りをしている。女の客が多い。

主人の卯三郎のことをそれとなく同業者や客、そして近所の者に聞いた。卯三郎は深川で生まれ、若い頃から小間物の行商をしながら病気の母親の面倒を見ていたそうで、卯三郎が念仏の五郎と繋《つな》がっている様子はなかった。

卯三郎が念仏の五郎と知り合ったとしたら、三年ほど前であろう。念仏の五郎と知り合ったあとに、卯三郎は『錦屋』を開いた。

念仏の五郎は伽羅の原木を卯三郎に差し出し、卯三郎が『伽羅の香り』という鬢付け油を造って売り出したのだろう。『伽羅の香り』は『錦屋』の中で造られているようだ。踏み込めば、材料に伽羅が使われているかどうかわかるかもしれない。しかし、『錦屋』の警戒は厳重で、迂闊《うかつ》に忍び込めそうにはなかった。敷地内に離れがあって、そこに用心棒がふたり住んでいるのだ。

紋之助からはじめて話を聞いた翌日に、宮造はおくみを『伽羅の香り』を買いに『錦屋』へ行かせた。

帰って来て、香りを嗅いでみたところ、宮造はあまり感じなかったが、おくみはうっとりとしていた。

おくみは、伽羅の香りを嗅いだことがあり、これはほんとうに伽羅と同じ匂いだと言った。

そのことからも、ますます『伽羅の香り』は伽羅の原木を使っているという確信に至り、そして伽羅の原木は瀬戸家から盗まれたものではないかと思われた。

卯三郎はときたま新シ橋にある船宿から舟で深川に渡り、そこからさらに別の場所に移動している。昨日もそうだった。

店を出たあと、宮造は先回りをして両国橋《りょうごくばし》に行った。やがて、卯三郎を乗せた猪牙舟が橋をくぐり、深川に向かった。

だが、そこからは追いきれなかった。

その用心深さは、念仏の五郎に会いに行くからではないか。卯三郎の尾行がうまくいけば念仏の五郎に辿《たど》り着ける。

ふと、背中に国分《こくぶ》と書かれた荷箱を背負い、頭に手拭いを載せた莨売りの男がやってきて、宮造は物陰に身を隠した。

男は『錦屋』の前で立ち止まり、鋭い視線を店に向けた。長身で、目付きが鋭い。件《くだん》の男だ。男はそのまま行きすぎたが、途中で引き返してきた。

明らかに、『錦屋』の様子を窺っている。飛び出して行き、問い質《ただ》してみたかったが、他に仲間がいるやもしれず、迂闊には動けなかった。

夕方に、卯三郎がまた出かけたが、駕籠《かご》だった。どうやら寄合か何かで、念仏の五郎のところではなさそうだった。

浅草三間町の長屋に帰ると、おくみが出かける支度《したく》をしていた。

「おまえさん、お帰り」

おくみは帯を締めて、あわただしく、

「じゃあ、行ってきます」

と言い、土間に下りた。

「うむ。気をつけてな」

「はい」

土間を出かけて、おくみが思い出したように振り返った。

「そうそう、昨夜、『錦屋』の旦那がお店に来たわ」

「卯三郎がか」

宮造は前のめりになってきいた。

「ええ。そうよ。目付きの鋭い年寄りと」

「目付きの鋭い年寄り？」

「ええ、五十歳近くのひとよ」

「そうか。卯三郎は深川から浅草に向かったのか」

卯三郎が会っていたのは念仏の五郎ではないか。その一方で、用心に用心を重ねて深川から浅草まで行った卯三郎が、大勢の客が出入りする料理屋で念仏の五郎と会うだろうかという気もしたが、怪しいのには違いない。

「おくみ。その年寄り、はじめてか」

「ええ、私ははじめてだけど、お店にはじめてきたかどうかはわからないわ」

「誰かから、それとなく名前をききだしてくれ」

「わかった。じゃあ、行ってきます」

おくみは戸を開けて出て行った。

卯三郎め、手の込んだ真似をして浅草に来ていたのかと、宮造は北叟笑《ほくそえ》んだ。悪いことは出来ないものだ。まさか、おくみが働いている料理屋に現われるとは……。

宮造は手応えを摑《つか》んだことに小躍《こおど》りしたい気分だった。その年寄りはいつかまた料理屋に現われる。そんな気がしていた。

四

翌日、剣一郎は中間などの供を先に帰し、奉行所から真っ直ぐ小石川にある多恵の実家に行った。

夕闇に包まれつつある庭に面した座敷で、高四郎は休んでいた。

剣一郎が枕元に座ると、気配を察したのか、高四郎が目を開けた。

「どうだ?」

剣一郎は声をかける。

「悪くありません」

高四郎は笑みを漂わせ、

「この前、姉上が来てくださいました」

と、弱々しい声で言う。

「うむ。多恵も心配していたからな。早くよくなって皆を安心させてやってもらいたい」

「義兄上。お願いがあるのですが」

「なんだ？」

剣一郎は顔を覗き込む。

「いつぞや、姉上から聞いたことがあります。私たち姉弟に、もうひとり弟がいるそうですね」

「うむ。知っていたのか。文七という男だ」

「どんなひとですか」

「才知に長け、気性もよい男だ。わしの探索を手伝ってもらっている」

「そうですか。会ってみたいですね」

「………」

剣一郎は怪訝そうに高四郎の顔を見た。

「義兄上」

　また、高四郎が呼んだ。

「なんだ？」

「文七さんに会いたいんです。会わせていただけませんか」

「義父上《ちちうえ》に……」

「いえ、父上は母上に遠慮なさっているでしょうから。義兄上、お願いです。文七さんに会わせてください」

「考えておこう」

「ぜひ、お願いいたします。私が動けるなら会いに行くのですが、それもままなりません。どうか、ここにお連れください」

「わかった」

　剣一郎が言うと、高四郎はほっとしたように口許に笑みを湛《たた》えた。

　高四郎がまどろんできたので、剣一郎は高四郎の寝床から離れた。

　岳父の高右衛門と別間で向かい合った。

「よく来てくれた。高四郎はそなたの顔を見ると安心する」

　高右衛門が暗い表情で言う。

「こんなことになろうとは……。残念でなりません」

「これも定めだ。何ら落ち度もないのに天は高四郎を選んだ」

高右衛門はため息混じりに言う。

「ほんとうにもう手立てはないのですか。当代一と謂《い》われる奥医師の……」

「待て」

高右衛門は剣一郎の言葉を制した。

「高四郎がそれを望まぬのだ」

「望まない？」

「金や地位を利用してまで命を長らえたくはないと言っている。今かかっている医者の治療にすべてを委《ゆだ》ねたいというのだ」

「高四郎らしいですね」

剣一郎は胸を熱くした。

「今、高四郎から頼まれたのですが」

気を取り直し、剣一郎は改めて口を開いた。

「文七に会いたいとのこと」

「文七に……」

文七は高右衛門が料理屋で働いていた女に産ませた子だ。女は文七を身籠もったあと、高右衛門に迷惑をかけたくないと、誰にも言わずに料理屋を辞めて、三《み》ノ輪《のわ》の知り合いの家で文七を産んだのだ。

「そうか。高四郎は文七のことを知っていたのか」

「はい。多恵から聞いたそうです」

文七は料理屋で働く母と二人暮らしだったが、文七が八歳のときに母が病に倒れ、それからは、文七がシジミ売りや納豆売りなどをやりながら暮らしを支えた。だが、暮らしは貧しかった。そんなときに、多恵がふたりを捜して訪ねてきた。その後、多恵の援助があって、母子の暮らしは人並になったという。

「義父上。どうぞ、高四郎の願いを聞き入れ、文七と会わせてあげていただけませんか」

「うむ……」

「義母上へのお気兼ねですか」

外に作った子どもをこの屋敷に入れることへの義母の心の内を慮《おもんぱか》っているのだろう。

「義母上には多恵から話してもらいます。それで、よろしいでしょうか」

「わかった」

辛そうな顔で、高右衛門は承服した。

多恵の実家を出て、剣一郎は本郷通りに入った。辺《あた》りはすっかり暗くなっていた。

なぜ、高四郎が文七に会いたがったのか。その理由を考えて、胸が締めつけられた。高四郎は死期を悟ったのではないか。

胸の底から噴き上げてくる悲しみを堪《こら》えるように、剣一郎は何度か立ち止まって夜空を見上げた。

筋違橋に差しかかる。職人体の男がふたり、声高に話しながらすれ違った。笑い声も聞こえた。

高四郎はあんなふうに高笑いすることはもうないのかと思うと、またも胸の底から突き上げてくるものがあった。

筋違御門を抜け、八辻ヶ原を突っ切って行こうとしたとき、土手のほうから男が血相《けっそう》を変えて須田町のほうに駆けて行くのを見た。

そのあとから遅れて若い女が駆けてきた。男の連れらしい。

「どうした?」

　剣一郎は女に声をかけた。

「あっ」

　女は剣一郎に気づいて足の向きを変えて近寄ってきた。

「ひとが死んでいます」

「どこだ？」

「土手の下です。床見世《とこみせ》の近くです」

　床見世は仮小屋の見世のことで、柳原《やなぎわら》の土手下には古着屋などの床見世が並んでいた。

「よし。そなたは自身番に知らせて来い」

「はい」

　女は再び須田町のほうに向かった。

　剣一郎は土手のほうに向かった。床見世の人間はすでに引き上げ、辺りはまっ暗だった。剣一郎は辺りに目を見据えながら床見世に近付く。

　やがて、尻端折《しりつぱしよ》りした脚が見えた。片足だけ草履《ぞうり》を履いて、男が仰向《あおむ》けに倒れている。長身だ。そばに、国分と書かれた荷箱が転がっていた。

　男はすでに絶命していた。腹部を横薙《な》ぎに斬《き》られている。横一文字だ。斬った人間はかなり腕が立ちそうだ。死んでからまだ四半刻（三十分）ぐらいだ。

死んでいる男の手のひらを見て、おやっと思った。竹刀《しない》だこが出来ていた。

この男、侍かもしれない。そう思いながら、懐を探る。財布はなかった。物取りだろうか。

荷箱を手にした。軽かった。中は空《から》のようだ。

ひとが走ってくる足音がした。

「青柳さま」

近付いてきた同心が声をかけた。南町《みなみまち》定町廻り同心の植村京之進だ。

「早かったな」

「はい。たまたま、須田町の自身番にいたのです」

「そうか。まあ、ホトケを見ろ」

「はい」

京之進はさっそくホトケのそばに向かった。

合掌《がっしょう》してから、ホトケを検《あらた》める。

「横一文字ですね。まだ、斬られて間がありません」

京之進が見立てを述べる。

「手のひらを見ろ。竹刀だこだ」

「すると、侍でしょうか」

「町人で剣術を習っているとも考えられるが、まず侍とみて間違いあるまい。その荷箱を見てみろ」

「はっ」

京之進は荷箱を摑《つか》んで怪訝な顔をした。

「空ですね」

「そうだ。どうやら、莨売りの格好は変装《へんそう》のようだ。何かを調べていたのではないか」

「すると、どこかで莨売りの男が頻繁《ひんぱん》に出没しているはずですね。見た人間を捜してみます」

「うむ。では、あとを頼んだ」

事件の探索は定町廻り同心の役務だ。

剣一郎は現場を後にして八丁堀の組屋敷に戻った。

夕餉《ゆうげ》のあと、剣之助が部屋にやってきた。

「父上。よろしいでしょうか」

「うむ」

剣一郎は剣之助を迎えた。

剣之助は吟味方《ぎんみがた》与力橋尾左門《はしおさもん》の下で見習いとして吟味に立ち会っている。

「父上。叔父上《おじ》の病状が思わしくないと聞きました。いかがなのでしょうか」

「うむ。残念ながら、回復の見込みはないようだ」

「そんな」

剣之助が愕然《がくぜん》とした。

「あんなにお元気でしたのに」

剣之助は顔を上げ、

「近々、志乃と見舞いに行きます」

「そうだの。ただ、いっぺんに何人も見舞いに行くと、本人は何かを敏感に察してしまうかもしれない」

「そうですね」

そこに多恵が入ってきた。

「お話とは？」

　多恵が剣一郎の前に座った。

「では、私は」

　剣之助が座を外そうとした。

「構わぬ。そのまま」

　剣一郎は剣之助を引き止めて、改めて多恵に向いた。

「じつは高四郎が文七に会いたいと言い出した。今度、連れて来てくれと頼まれている」

「文七に……」

　多恵の顔色が変わった。

「高四郎の望みだ。叶えてやりたい」

　剣一郎ははっきり言った。

「はい」

「問題は義母上だろう。文七のことは知っていようが、外に作った子どもを屋敷に引き入れるのは……」

　ましてや、実の倅は死の床にある。血のつながりのない子が屋敷の敷居を跨《また》ぐことに心穏やかならぬものがあるのではないか。

「母はそのようなお方ではありませぬ」

多恵は強調した。

「もちろん、そう思う。反対はしまい。喜んで迎えるだろう。だが、心より、そう思ってくれるかどうか、まず、そなたから義母上に話を通してもらったほうがよい」

「そうですね。わかりました。話してみます」

「それより、文七だ。母親は義父上の迷惑にならないように身を隠したほどの女子だ。そのような女子の子ならば、決して出すぎた真似はしないだろう」

「はい。私も文七は屋敷に入ることを遠慮すると思います。文七を説き伏せるほうこそ難儀かもしれません」

「そうよな」

剣一郎は腕組みをした。

「父上。私が文七さんの気持ちを確かめてみましょうか」

剣之助が膝《ひざ》を進めて言う。

「そなたと文七は気が合う。本音を聞き出してもらうには、剣之助のほうがいいかもしれぬな。よし、頼んだ」

「はい」

剣之助は請け合ってから、

「でも、叔父上はなぜ、文七さんに会いたがっているのでしょうか」

と、疑問を口にした。

「うむ」

剣一郎の胸が重たいもので圧迫されたようになった。

「おそらく、高四郎は……」

多恵が口をはさんだ。

「自分の死期が近付いていることに気づいているのかもしれません」

「叔父上は何か、お伝えしようとされているのでしょうか」

「そうです。だから、文七に会いたがっているのでしょう」

「いや、それだけではない。不遇《ふぐう》な暮らしをさせてきたことを詫びたいのではないか」

「こんなときに、そのような気遣いなどいらないのに」

多恵は声を詰まらせた。

「ともかく、明日にでも文七さんに会いに行きます」

剣之助が辛そうな表情で言う。

「頼んだ」

剣之助が引き上げて、多恵とふたりきりになった。

「高四郎に、このような運命が待っていようとは想像さえしませんでした」

「誰が想像出来よう。運命とは酷《むご》いものよ」

剣一郎は胸をかきむしりたくなった。

「こうなったら、出来る限り、高四郎に寄り添い、思い残すことがないようにしてやりたい」

高四郎のために何が出来るか、剣一郎はそのことを考え続けた。

五

翌朝、宮造は白壁町の『錦屋』に向かった。

卯三郎が舟に乗ったら、いったん深川に向かうが、実際の行き先は浅草辺りだ。今度こそ、先回りして行き先を突き止めてやる。宮造が闘志を漲《みなぎ》らせて『錦屋』の近くにやって来たとき、いかつい顔の岡っ引きが荒物屋の主人に声をかけていた。

そのそばを行き過ぎようとして、岡っ引きの声が耳に飛び込んできた。

「長身の莨売りだ。見かけたことはないか」

「そういえば、何度かこの通りを行き来しているのを見かけたことがあります」

荒物屋の主人が答える。

「商売をしているのを見たことはあるかえ」

「いえ、ありません」

「この通りで、何をしていたかわかるかえ」

「そういえば、『錦屋』さんの前で立ち止まって店のほうを見ていました」

「『錦屋』か」

まずいと、宮造はそのまま止まらず『錦屋』の前を素通りした。行き過ぎてから振り返ると、岡っ引きは『錦屋』に入っていった。

岡っ引きは莨売りの男を追っているようだ。いったい、何をしたのだろうか。

宮造は岡っ引きが出てくるのを待った。

しばらくして、岡っ引きが出てきた。『錦屋』の外に出てから、岡っ引きは振り返った。

『錦屋』に何か感じ取ったのだろうか。

宮造は目の前の履物屋の客の振りをして、岡っ引きをやり過ごしてからさっきの荒物屋に急いだ。

店先に主人がいた。

「すまねえ。ちょっと教えてもらいてえ。さっき、岡っ引きが莨売りのことをきいていたようだが、なんだったんだね」

宮造は声をかけた。

「ああ、あれかい。なんでも、昨夜《ゆうべ》、柳原の土手で莨売りの男が殺されたそうだ」

「殺された?」

宮造はきき返した。

「刀で斬られていたそうだ。荷箱が空だったので、ほんものの莨売りじゃなかったようだ。木戸番が何度か莨売りを見ていたらしく、この通りのどこかの店を見張っていたんじゃないかってな」

「斬ったのは侍か」

「刀で斬っているんだから、そうだろうよ。詳しいことはさっきの親分にきくことだ」

「ありがとよ」

宮造は礼を言って、その場から離れた。

件の莨売りだろう。なぜ、殺されたのだ。まさか、『錦屋』の用心棒に……。

詳しいことを知りたいが、へたな動きをして藪蛇《やぶへび》になっても困る。

ともかく、現場に行ってみようと、宮造は柳原の土手に向かった。

古着の床見世が出ている近くで、奉行所の人間が草むらで何か捜していた。そこが現場だろう。

宮造は現場近くの床見世に顔を出した。

「いらっしゃい」

若い亭主が迎えた。

宮造は古着を見ながら、

「あそこで何をしているんだえ」

と、草むらの中で蠢《うごめ》いている男たちのことをきいた。

「へえ。昨夜、そこで殺しがあったそうなんです」

亭主は顔をしかめて言う。

「殺しとは穏やかじゃねえな。下手人は捕まったのかえ」

「まだそうです。相手は侍だとか。刀傷《かたなきず》だったってことです」

「何を捜しているんだろう」

宮造は不思議そうにきいた。

「財布や莨入れが近くに落ちていたそうです。それで、まだ、何か落ちていないか、捜しているようです」

「そうかえ」

そのとき、目の端に人影が入った。

「ちょっとききてえ」

いきなり、脇から声が聞こえた。はっと顔を向けると、さっきの岡っ引きが床見世の亭主に声をかけたのだ。白壁町からこっちにやって来たのだ。

「きのう、ここを引き上げたのは何時だ」

「へえ、暗くなってからです。暮六つ（午後六時）の鐘が鳴っているとき、床見世を片づけていました」

「片づけにどのくらい掛かるんだ？」

「屋根をとり、塀《へい》をとり除くだけですから、そんな手間はかかりません」

「じゃあ、引き上げるときにも怪しい人間を見ちゃいなかったんだな」

「へい。気がつきませんでした」

「そうか」

岡っ引きはがっかりしたようにため息をついた。

「親分さん。その時間が何か」

亭主がきいた。

「殺された男が暮六つの少し前に白壁町で姿を見られていたんだ。それから、ここに来たのだとしたら、ちょうどおまえさんが引き上げるときと重なるはずなんだが……」

岡っ引きは無念そうに言う。

「すみません」

亭主が謝る。

宮造はいろいろきいてみたいことがあったが、妙な疑いをかけられても困るので黙って聞いていた。

すると、岡っ引きが急に宮造に声をかけた。

「おめえ、ここによく来るのか」

「へえ、たまに。この見世ははじめてですが」

「きのうはこの辺りは？」

「いえ、通ってはいません」

「そうか。わかった」

岡っ引きは踵《きびす》を返そうとした。

「親分さん」

宮造は呼び止めた。

「なんでえ」

「殺しがあったそうですが、下手人は見つかったんですかえ」

「まだだ」

「殺されたのは誰なんです？」

「まだ身許《みもと》はわからねえ。莨売りの格好をしていたが、身許を証《あか》すものは何も持っていなかった」

「そうですか」

「おめえ、いやに熱心だが、何か知っているんじゃあるまいな」

「とんでもない。あっしはただの通りすがりの者でございます」

「念のためだ。名前を聞いておこう」

「へえ」

「へえ、じゃねえ。名前だ」

「宮造と申しやす」

「宮造か。住まいは？」

「浅草三間町です」

「昼間からこんな場所をうろついているとはいい身分だが、何しているんだ？仕事のことだ」

「へえ」

「へえ、じゃねえと言ったはずだ」

「今、仕事を探しているところでして。じつは、女房に食べさせてもらってます」

「やはり、いい身分だ」

岡っ引きは冷笑を浮かべ、引き上げて行った。宮造はふうとため息をついた。

「すまねえ。けちがついちまった。また、寄せてもらう」

宮造は亭主に言い、床見世から離れた。

いつもなら、また『錦屋』の見張りを続けに戻るのだが、今は危険だ。岡っ引きに顔を見られたのは誤算だった。

だが、もはや、卯三郎の尾行を『錦屋』からはじめる必要はない。新シ橋の船宿を見張って、卯三郎がやってくるのを待てばいいのだ。

卯三郎の行き先は浅草方面だ。そこに、念仏の五郎が潜んでいる。

宮造はいったん、浅草三間町の長屋に戻った。

おくみが流しの前で昼餉の支度をしていた。

「お帰りなさい。おや、どうしたんだい、浮かない顔をして?」

「うむ。じつは……。いや、なんでもねえ」

「いやだよ、言いかけてやめちゃうなんて」

「話すようなことじゃなかったからな。わかった」

殺しの話だから思いとどまったのだが、言いかけてやめるのはもっと気になるだろう。

「じつは、俺以外に『錦屋』を見張っている男がいたんだ。その男が昨夜、殺された」

「まあ」

おくみは息を呑《の》んだ。

「おまえさん、だいじょうぶなのかえ」

「何がだ？」

「だって、おまえさんにも災《わざわ》いが降りかかるんじゃないのかえ」

「そんなこと、あるものか」

宮造は笑ったが、内心ではあわてた。『錦屋』を見張っていた男が殺されたのだ。ふつうに考えれば、『錦屋』の手が及んでいると考えるべきだ。

「俺はだいじょうぶだ」

宮造は作り笑いをした。

「でも……」

「心配はいらねえ。さあ、飯にしよう」

おくみが茶を淹れた。

「卯三郎の相手の名は、まだわからないな」

「ええ。女中頭にきいたら、はじめての客だって」

「そうか」

念仏の五郎だとしても、当然名を変えているだろう。また、現われるのを待つしかなかった。

「もし、今度来たら、さりげなく名前と住まいをきき出してもらいたい」

「わかったわ」

おくみは心配そうに応じた。


夕方、おくみが店に出ようとしたとき、腰高障子が開いた。

宮造は飛び上がりそうになった。狼狽《ろうばい》を隠すように、宮造は作り笑いをしながら、上り框まで出て行った。

土間に入って来たのは、昼間の岡っ引きだった。

「これは親分さん」

宮造は卑屈《ひくつ》なほど頭を下げながら言う。

「かみさんか」

岡っ引きはおくみを見てきいた。

「はい。おくみと申します」

「これから、店に出るのか」

「はい」

「店はどこだ？」

「田原町にある『むらこし』です」

「『むらこし』か。やはり、いい身分だ」

岡っ引きは言い、

「宮造だったな」

「へい」

「おめえ、『錦屋』を知っているな」

「へえ」

宮造は慎重になって、

「こいつが、あそこで『伽羅の香り』って鬢付け油を買いましたので」

と、答える。

「それだけか」

「えっ？」

「それだけじゃあるまい。もっと他に、『錦屋』に関心があるんじゃねえのか」

「いえ、そんなことはありません」

「宮造。お上《かみ》をなめるんじゃねえ」

「そんなこと……」

「『錦屋』の斜交《はすか》いに絵草紙屋がある。知っているな」

「へい」

「そこの亭主が言うには、その脇の路地から『錦屋』を見張っている男がいたそうだ。おめえじゃねえのか」

「違います。あっしはそんな真似しちゃいません。第一、そんなことをする理由がありません」

宮造はとぼけるしかなかった。

「おい、宮造。嘘をつきやがると、あとで困ったことになる。わかっているな」

「わかっています。親分さん。絵草紙屋の亭主ってどんなひとですかえ」

「それがどうした？」

「あっしは『錦屋』の帰り、その絵草紙屋の前を通ったことがありますが、亭主ってのはかなりの年寄りじゃありませんかえ」

「年寄りだが、元気だ」

「目はいいんですかえ」

「目だと？」

「そうです。あっしをほんとうに見たんですかえ」

「おめえに特徴は似ていた」

「あっしに似ていたってだけで、あっしが『錦屋』を見張っていたことにされちゃ、かないませんぜ」

「宮造。口が達者だな」

岡っ引きが口許を歪めた。

「これじゃ、おめえを亭主に引き合わせても、おめえのほうが亭主をやり込めてしまいそうだ」

「あっしはただ、ほんとうのことを言っているだけです」

「殺された莨売りの格好をしていた男の身許はまだわからねえ。が、その男も『錦屋』を見張っていたようだ。つまり、ふたりの男が『錦屋』を気にしていたんだ」

「…………」

「そのうちのひとりが何者かに斬られた。辻斬りや物取りの仕業じゃねえ。もうひとりも狙われるかもしれねえ」

岡っ引きは威《おど》した。

宮造は強張《こわば》った顔を撫《な》でて、

「親分さん。『錦屋』に何かあるんですかえ」

と、きいた。

「主人の卯三郎にきいたが、思い当たることはないそうだ。ただ、『伽羅の香り』の製造方法を探ろうとする輩がいると言っていた。これまでにも、二度ほど、夜中に忍び込んだ者がいたらしい」

岡っ引きはぐっと睨《にら》みつけ、

「おめえもどっかの問屋に頼まれて、それを探ろうとしていたんじゃねえかと睨んだんだが……」

「そんなんじゃありません」

宮造は否定してから、

「親分さん、もしや、莨売りの男を殺《や》ったのは『錦屋』の……」

卯三郎の命《めい》を受けた用心棒の仕業ではないかと思ったが、そこまでは口に出来なかった。

「わからねえ。これからの調べだ。邪魔したな」

岡っ引きはようやく話を切り上げた。

「いいか。あまり紛《まぎ》らわしい真似をするな」

そう言い残し、岡っ引きは出て行った。

「おまえさん……」

おくみが不安そうな顔を向けた。

「なあに、心配はいらねえ。もう『錦屋』を見張る必要もない。卯三郎は浅草のほうに来ているんだ」

これからは、新シ橋の船宿に卯三郎がやって来たら、浅草の船着場に先回りをして、きっと行き先を突き止めてみせる。宮造は闘志を燃やしたが、ふと莨売りの男が殺されたことを考えて息苦しくなった。『錦屋』の用心棒があの男を斬ったのだろうか。『錦屋』は、莨売りの男のことにとうに気づいていたのだろうか。だとしたら、俺のことも……。

それにしても、莨売りの男は何者なのだ。何のために、見張っていたのか。

「じゃあ、行ってきます」

おくみが下駄を履いた。

「待て。送って行こう」

宮造も土間に下りた。

木戸を出てから、

「おまえさん。何か心配ごとでも？」

と、おくみが不安そうにきいた。

「いや、そうじゃねえ」

そう言ったが、卯三郎は念仏の五郎とつながっているのだ。改めて、『錦屋』は深い闇に包まれていることを思い知らされ、今まで感じていなかった恐怖を覚えた。

もし、おくみのことも知られたら、おくみの身にも危険が及ぶかもしれない。生半可《なまはんか》な気持ちでことに当たったらたいへんなことになる。

宮造はおくみが『むらこし』の裏口を入って行くまで見送って引き上げた。思わず、怪しい人間がいないか、周囲を探る目付きになっていた。

第二章　貪欲者《どんよくもの》

一

ふつか後の朝、剣一郎は出仕してすぐ宇野清左衛門《うのせいざえもん》に呼ばれ、年番方《ねんばんかた》与力の部屋に出向いた。

清左衛門は年番方与力として金銭面も含め、奉行所全般を取り仕切っており、清左衛門にへそを曲げられたらお奉行とて何も仕事が出来ないというほどの、奉行所一番の実力者である。

「宇野さま、お呼びでございましょうか」

文机《ふづくえ》に向かって書類に目を通していた清左衛門が顔を上げ、書類を閉じて振り向いた。

「先日の柳原の土手での殺しだが、いまだに下手人どころか、殺された男の身許《みもと》もわからぬという」

「身許がわからぬとは妙ではないか。殺された男は莨《たばこ》売りに化けて、小間物屋の『錦屋』を見張っていたらしい。たとえ、隠密《おんみつ》働きの人間であっても、直参《じきさん》の家来ならば、我らの耳に入るはず」

「そのようですね」

清左衛門は続けて、

「京之進は陪臣《ばいしん》ではないかという」

諸大名の家来かもしれないと、京之進は見ているのだ。

「そのことは十二分に考えられます」

「陪臣の隠密が『錦屋』をどんな狙《ねら》いがあって見張っていたのか。京之進の探索でも、『錦屋』の秘密がわからないそうだ。なにしろ、『錦屋』にはこれまで不法な行ないもないし、奉行所が目をつける材料はなにもないそうだ。しいて言えば、『錦屋』には『伽羅《きゃら》の香り』という目玉商品があり、その製造方法をめぐる何かがあるかもしれないと言っていた。しかし、それは御法度に触れる問題ではなく、商売上の争いでしかない」

清左衛門は膝《ひざ》を進め、

「青柳どの。この『錦屋』について調べてくれぬか。武家がかかわってくるとなると、同心としての京之進の探索には限界がある」
「わかりました。じつは『錦屋』の主人卯三郎を何度か見かけたことがありま
す。その折り、卯三郎の我が侭《まま》ともいえる振る舞いを見て、興味を持ちました。
少し、話がしてみたいと思っていたところです」
「さようか。ならば都合がよい。下手人の探索や殺された人間の身許調べは引き
続き京之進が行なうが、難航が予想される。『錦屋』を調べて何が出てくるかわ
からぬが……」
「やってみます」
「頼む」
清左衛門は言ってから口調を変えた。
「ところで、青柳どの、多恵どのの弟御の体調が優れぬとのこと。心配である
な」
剣之助から聞いたのかもしれない。
「はい。いったん回復し、お役目にも復帰したのですが……。今は天命を待つの
みでございます」
「さようか。青柳どのが実の弟のように可愛《かわい》がっていたと聞いている」

清左衛門は暗い表情で言い、

「そのようなときに心苦しいが」

「何を仰《おつしや》いますか。たとえ、どんな状況にあろうと、江戸の民のために働くのが我らの務め」

「うむ」

清左衛門は感服《かんぷく》したように頷《うなず》いた。

「では、失礼いたします」

剣一郎は清左衛門の前から引き下がった。


その日の午後、剣一郎は着流しに深編笠《ふかあみがさ》をかぶって神田白壁町にやってきた。『錦屋』の暖簾《のれん》をくぐる。店の中にいい香りが漂《ただよ》っている。

「いらっしゃいませ」

内儀《ないぎ》のおいとが近付いてきた。色白で、美しい眉《まゆ》と切れ長の目が印象的だ。二十二、三歳だ。腹部はだいぶ目立ってきていた。

「『伽羅の香り』をいただきたい。家内から頼まれたのだ」

「さようでございますか」

おいとから暗さは感じられない。

「番頭さん。お願い」

「はい」

番頭は幾種類かの油壺《つぼ》を持ってきた。手のひらに載る徳利《とっくり》のような形をした小さな壺だ。壺には花の模様が描かれている。

「これは青柳さまでいらっしゃいますか」

奥から卯三郎が出てきた。三十半《なか》ば、渋い顔だちだ。

「ご主人か」

「はい。卯三郎にございます」

「家内に買って帰ろうかと思ってな」

「それは恐縮《きようしゆく》でございます。あとは私が代わる。向こうに」

卯三郎はおいとを遠ざけた。

「ご妻女どのは身籠《みご》もられているのか」

「はい」

「跡継《あとつ》ぎができるな」

男の子ならそのまま跡を継がせ、女の子なら婿《むこ》をとればいい。

「先のことはわからないものですよ」

「うれしくはないのか」

剣一郎は不思議そうに卯三郎の顔を見た。

「これはよけいなことを。今のこと、お忘れください」

卯三郎はあわてて答え、

「いかがいたしましょう」

「では、これをもらおう」

剣一郎は赤い花模様の壺を選んだ。

「ありがとうございます。番頭さん、これを」

卯三郎は番頭に壺を包むように言う。

「以前、そなたを町で見かけたことがある」

「風車《かざぐるま》のときですね」

「気づいていたか」

「はい。風烈廻《ふうれつまわ》りの同心のお方に叱《しか》られました。お見苦しいところをお見せしました」

「なぜ、そなたが、子どもの風車を欲したのか不思議だった」

「お恥ずかしいことです」

　卯三郎はしんみり言う。

「恥ずかしいと思うのか」

「青柳さま。お暇《ひま》はございますか」

　卯三郎がきいた。

「うむ」

「どうぞ、お上がりくださいませんか。相談に乗っていただきたいことがあるのです」

　なぜ、剣一郎を招くのか。卯三郎の真意はどこにあるかわからないが、思わぬ展開は剣一郎も望むところだった。

「いいだろう」

「では。どうぞ、こちらに」

　卯三郎は剣一郎を客間に案内した。

　差し向かいになったあと、おいとが茶を運んできた。

「すまぬ。お腹の子を大事に」

　剣一郎はいたわる。

「はい、ありがとうございます」

おいとは微笑《ほほえ》んだ。子どもの誕生を待ち望んでいるような様子だ。鉄平の子か卯三郎の子か、おいとにはわかるのだろうか。

おいとが下がってから、卯三郎が切り出した。

「青柳さま。おいとは鉄平という大工のかみさんでした」

まさか、そのようなことを自《みずか》ら言い出すとは思っていなかったので、剣一郎は驚いた。

「鉄平のかみさんに横恋慕《よこれんぼ》しただけではなく、どうしても手に入れたくなりましてね。鉄平に博打《ばくち》での借金があると知り、その借金を肩代わりしてやることで、おいとを私のものにしました」

「欲しくなったら、なんとしてでも手に入れたくなるようだな」

剣一郎は哀《あわ》れむように言う。

「はい。幼いころより貧しく、なんとか長じて、小間物の行商をして参りましたが、欲しいものを手に入れたことはまったくありません。小さいながらも店を持つことになったとき、何か目玉になる品物を作りたいと考えていたところ、たまたま伽羅と同じような香りを出すことに成功したのです。それで、その香りのする鬢《びん》付け油を造り、『伽羅の香り』と名づけて売り出したところ、想像以上に大当たりをとりましてね」

卯三郎は目を細めて続ける。

「面白《おもしろ》いほど金が入ってきました。金があると、欲しいものはなんでも手に入るのです。おいしいものも食べることが出来、女も寄ってきます。金さえあれば、場合によっては権力さえも。もっとも、私に権勢《けんせい》欲はありません。あるのは女、物、食い物ですが」

卯三郎は自嘲《じちょう》し、

「でも、不思議なものです。なんでも欲しいものが手に入ると、だんだん物足りなくなってきました。欲しいものを手に入れても満たされないのです。それに、欲しいものもなくなってきました。そんなとき、ふと他人が持っているものが欲しくなったんです。何だと思われますか」

「わからぬ。だが、他人から見れば、何の値打ちも見出せないものであろうな」

「そのとおりでございます。私が欲しがったのは物貰《もら》いが持っていた頭陀袋《ずだぶくろ》です。新しい頭陀袋ではありません。その物貰いが持っているものが欲しくなったのです。それで、物貰いに金で譲《ゆず》ってもらいました」

「呆《あき》れた……」

剣一郎は思わず呟《つぶや》いた。

「でも、不思議なもので、その頭陀袋を手にしたときの喜びは今までにないものでした」

「それから金に飽《あ》かして他人のものを自分のものにしてきたのか」

「はい。でも、盗んだわけではありません。ちゃんと金を出しての取引きです」

「しかし、他人の弱みにつけ込んで、我欲《がよく》を満足させているのではないか」

「相手は金を手にしているのです。決して悪い取引きではないと思いますが」

「鉄平の場合はどうだ？」

「どうとは？」

卯三郎は平然ときく。

「おいとを奪《うば》われたのだ」

「それは自業自得ではありませぬか。賭場《とば》に入り浸《びた》るような男においとを仕合《しあ》わせには出来ません。おいとは今のほうが仕合わせなはずです」

「先日、鉄平がおいとの様子を窺《うかが》いに店先に来ていた」

「………」

「そなたの行ないの陰で泣いている人間がいるのだ。そういうことに、思いを馳《は》せたことはないのであろうな」

「青柳さま。なんだか妙な話になってしまいました。私が聞いていただきたかったのはこのような話ではありません」

「相談があるということだったな」

「はい」

「わかった。聞こう」

「恐れ入ります」

卯三郎は頭を下げた。

「じつは、先日、莨売りの男が殺されたそうでございます。その男は私の店を見張っていたとか。そのために、奉行所は私の店に何かあるのではと疑惑の目を向けています。莨売りの男がほんとうに私の店を見張っていたのか、それさえもはっきりしないのに、いい迷惑でございます」

「思い当たる節《ふし》はないというのだな」

「はい。ございません。あるとすれば、『伽羅の香り』の製造方法を手に入れたい商売敵《がたき》ということになりましょうが、それも考えにくいと思います。外から店の様子を窺《うかが》っただけで、わかるわけありません」

「そなた自身はどうだ？」

剣一郎はさりげなくきく。

「私自身ですか……」

卯三郎は顎《あご》に手をやって首を傾《かし》げた。

「たとえば、何者かにあとをつけられたことはないか」

風車の一件のとき、去って行く卯三郎のあとをつけて行く男がいたのだ。

「いえ、気にしたことはありません。つけられてはいないと思います」

「そうか」

ほんとうに気づいていないのか、それとも嘘《うそ》をついているのか、判断はつきかねた。

「ところで、そなたは小間物の行商をしてきたということであったな」

「そうです」

「それなのに、新しい香りのする鬢付け油を考えていたのか」

「はい。先程も申し上げましたように、お店を出す際には目玉商品を持ちたいと思っていましたので、鬢付け油を造る職人といっしょに考えました」

「すると、『伽羅の香り』を造るのに携《たずさ》わった人間はそなた以外にいるというわけだな」

「はい」

「その者は、この店にいるのか」

「いえ、おりません」

「いない？　どうしたのだ？」

「………………」

卯三郎からすぐに返事はなかった。

「じつは喧嘩《けんか》別れをしました」

「喧嘩別れ？」

「はい。ちょっとしたことから仲違《たが》いをしました。それきり、会っていません」

「どこにいる？」

「わかりません。ただ、京に上《のぼ》ったという噂でした」

「京か」

卯三郎の言葉がほんとうかどうかわからない。他人が考えた伽羅に似た香りの造り方を、卯三郎が横取りをしたという噂がある。

やはり、卯三郎の過去にも不審な点がいくつかありそうだ。

「たとえば、その者が莨売りの男に命じて『錦屋』を見張らせたとは考えられないか」

「いえ、それはありえません」

「なぜ、言い切れるのだ？　すでに、京から帰ってきたかも知れぬではないか」

「いえ、帰ってきていません。帰ってきたら、私の前に現われるはずです」

卯三郎はむきになって言う。

「その男の名は？」

「信助《しんすけ》です。でも、信助じゃありません。信助が帰ってきていたら、私の耳に入ります」

卯三郎は頑《かたく》なだった。これ以上、きいても無駄だ。

「青柳さま。莨売りの男はこの店を見張っていたのではないと思います。どうか、そのことを同心の植村さまにもお話しくださいませぬか。莨売りの男が刀で斬《き》られたことから、離れで暮らしている桂木《かつらぎ》嘉門《かもん》さんと向井《むかい》久兵衛《きゅうべえ》さんにあらぬ疑いが向けられ、難儀《なんぎ》しています」

「『錦屋』の用心棒をしている浪人か」

「はい」

「いつからいるのだ？」

「向井さまは一年ばかり前から、桂木さまは半年前からです」

「会ってみよう」

「…………」

「どうした？」

「いえ、まさか、そう仰《おつしや》られるとは思いませんでしたので。では」

卯三郎は立ち上がり、廊下に出た。

そして、手を叩《たた》いて女中に庭下駄を持ってこさせた。

「どうぞ」

剣一郎は卯三郎といっしょに庭に下りた。

離れが二棟あった。それぞれ浪人が住まいとしているようだ。

まず、近い離れの戸を開けた。

「桂木さま。いらっしゃいますかえ」

卯三郎が呼びかける。

「はい」

すぐ三十前と思える侍が出てきた。肩幅が広く、がっしりした体つきだ。眉毛は太くて濃く、精悍《せいかん》な顔つきだった。

「桂木さま、じつは南町《みなみまち》の青柳さまがお目にかかりたいと仰いましてね」

「そうですか」

桂木嘉門が畏《かしこ》まって剣一郎を見た。

「桂木嘉門でございます」

「南町の青柳剣一郎でござる。半年前からここにお住まいとか」

「はい。卯三郎どのにお世話になっております」

精悍な顔に似合わず、憂《うれ》いがちな目をして、浪人暮らしの荒《すさ》んだ雰囲気はなかった。

「柳原の土手の殺しのことで、事情をきかれましたか」

「はい。しかし、その刻限は私はここにおりました。同心どのにそう申し上げました」

穏《おだ》やかな口調だ。

「さようか。いや、突然、邪魔した」

「いえ」

嘉門は軽く頭を下げた。

「では、隣に」

卯三郎は土間を出て、隣の離れの戸を開けた。

土間に入ると、障子《しょうじ》が閉まっていた。

「向井さま、いらっしゃいますか」

卯三郎は障子の向こうに声をかける。

「はい」

女の声がした。

「お留守のようですね」

卯三郎が奥に向かって声をかけた。

「今、お医者さんまで薬をもらいに行ってます。もう、戻って来ると思いますが」

障子の向こうから声がした。

「わかりました。急ぎの用ではありませんので」

卯三郎は剣一郎に目顔《めがお》で言い、外に出た。

「向井どのには妻女がおられたのか」

「はい。病身で、寝たり、起きたりの毎日です。こういうお方のほうが、妻女を守るようにお店を守っていただけます。『錦屋』あっての夫妻の暮らしですから」

「なるほど」

母屋に戻ろうとしたとき、庭木戸のほうから痩せた浪人がやってきた。

「向井さまです」

卯三郎が声をかけようとしたのを引き止めた。

「いい」

向井久兵衛は四十近くに見えた。こちらに気づかないように、まっすぐ離れに向かった。早く薬を服《の》ませたいのだろうと思った。

「四十ぐらいに見えますが、まだ三十五歳で、私と同い歳でございます。妻女どのが早くに病で倒れ、苦労なさっているので歳より老《ふ》けて見えるのかもしれません」

卯三郎は話してから、

「お会いしないでよろしいのですか」

と、きいた。

「もうよい」

「さようで。おふたりには、たとえ賊《ぞく》が押し入っても決して命を奪ってはなりませぬとお願いしています」

「そうか。あいわかった」

離れの横に長い小屋があった。

「あそこで、『伽羅の香り』を造っているのか」

「はい。ほぼ仕上がった鬢付け油を仕入れ、あの小屋で伽羅の香りを混ぜています。ですから、『伽羅の香り』はここでしか造れません」

「そうか」

剣一郎は頷いてから、

「なぜ、わしにそこまで見せたのだ？」

「青柳さまには知っていていただいたほうがよいような気がしまして」

「そなた、ひょっとして……」

剣一郎は言いさした。ひょっとして、莨売りの男の狙いに心当たりがあるのではないかときこうとしたが、正直に答えるはずはないと思いとどまったのだ。

しかし、卯三郎はただの小間物屋ではない。剣一郎はそんな気がしていた。

二

『錦屋』から奉行所に戻った剣一郎は、夕方になって戻ってきた植村京之進を与力部屋に呼んだ。

「京之進にございます」

「これへ」

自分の近くにやって来るのを待って、剣一郎は切り出した。

「どうだ、進展は？」

剣一郎がきいたのが、柳原の土手の殺しの件であることは京之進はわかっている。

「下手人の手掛かりも、殺された男の身許もまったくわかりません。どこぞの大名家の家臣とも考えられますが、あるいは盗賊の一味で、下調べのために『錦屋』を見張っていたとも考えられます」

「どうして『錦屋』を見張っていたということがわかったのだ？」

「はい。毎日のように一日何回も『錦屋』の前を行き来していたという近所の人間の話からです。特に、『錦屋』の並びにある荒物屋の主人が莨売りの男の挙動を不審に思っていました」

京之進は息継ぎをし、

「『錦屋』は『伽羅の香り』という鬢付け油が大当たりをとってかなり儲《もう》かっている様子。そこに盗賊が目をつけることは十分に考えられます。あるいは、伽羅に似た香りを造り出した方法を探ろうとする商売敵もおりましょう。だから、『錦屋』も用心棒を置いているのです」

「すると、いずれにしろ、『錦屋』の探索に失敗し、用心棒に斬られたという筋《すじ》立《だ》てが考えられるが……」

「はい。殺された男は直前まで『錦屋』の前をうろついていたことがわかっています。そのあと、柳原の土手で何者かに斬られたのです」

「さっき、『錦屋』に行き、卯三郎と会ってきた。やはり、柳原の土手の殺しとの関わりはないということであった。用心棒の浪人にも会ってきたが、それほど凶暴な男には見えなかった。もっとも、刀を抜けば、別人になるのかもしれないが……」

「はい。私も念のために離れにいる用心棒を調べてみましたが、あの時刻、ふたりとも離れを出た形跡がありませんでした。夕餉《ゆうげ》の支度《したく》を運んだ女中も、ふたりは離れにいたとはっきり言っています」

「殺された男が『錦屋』を見張っていたというのは間違いないのだな」

剣一郎はもう一度、確かめる。

「はい。そういえば、もうひとり、『錦屋』を見張っていた男がおりました」

「なに、もうひとりいたのか」

「『錦屋』の斜交《はすか》いにある絵草紙屋《えぞうし》の亭主が脇の路地から『錦屋』を見ている男がいたと言ってました。三十前後の、細身で目付きの鋭《するど》い遊び人ふうの男だったそうです」

「そうか」

風車の一件のあと、卯三郎をつけて行った男に特徴が似ていた。

「その男は宮造と言い、浅草三間町に住んでいます」

「なぜ、身許がわかったのだ?」

「この男、殺しのあった翌日、現場に近い床見世《とこみせ》に顔を出し、そこの亭主に殺しのことをきいていたそうです」

京之進が手札を与えている岡っ引きが、たまたま居合わせ、声をかけたという。

「本人は否定していますが、絵草紙屋の亭主が言っていた男と特徴が一致していました。殺された男の仲間かもしれませんが、それ以上は踏み込めませんでした」

「浅草三間町に住む宮造だな」

「はい」

「じつは、卯三郎のあとをつけて行く男を見たことがある」

剣一郎は風車の一件を話し、

「そのときの男かどうか、宮造に会ってみよう」

と、言った。

その他、京之進が調べたことを聞いた。引き続き、京之進は盗賊絡みで探索を続けるということだった。

剣一郎は奉行所を出て、浅草三間町に向かった。浅草に着いたころにはもう辺りは暗くなっていた。

長屋木戸をくぐり、宮造の住まいを探す。ちょうど目の前の腰高障子《こしだかしょうじ》が開いて出てきた女に宮造の住まいを聞いた。

だが、部屋の中は暗かった。出かけているようだ。剣一郎は諦《あきら》めて引き上げた。


その夜、屋敷に帰った剣一郎は多恵に『伽羅の香り』の油壺を渡した。

「今一度、香りを確かめてみてくれ」

「はい」

多恵は油壺の蓋《ふた》を開け、鼻に近づけ、匂いを嗅《か》いだ。

多恵は油壺の蓋を閉めた。

「どうだ?」

剣一郎は待ちかねてきく。

「やはり私には、伽羅の香りのような気がしてなりません」

「ほんものの伽羅だというのか」

「私にはそう思えます。もし、これが伽羅ではなかったら、この香りを再現した技はたいしたものだと思います」

多恵は感心したように言う。

沈香《じんこう》から製する香料のうち、特に優良なものが伽羅だ。それと同じ香りを出すことに成功したとしたら、たいへんなことだ。

ほんとうに、成功したのか。それとも……。

「ほんものか」

剣一郎は呟く。もし、ほんものならば伽羅の原木《げんぼく》をどうやって手に入れたのか。沈香は東南アジアに産する香木《こうぼく》だ。

陸奥《むつ》の伊達《だて》家に、『柴舟《しばふね》』と銘《めい》をつけた伽羅があったという。ほんとうかどうか、伊達綱宗《つなむね》公は伽羅で作った下駄で吉原に通ったという話が伝わっている。

どこぞの大名家で伽羅が秘蔵されているかもしれない。しかし、そのような秘蔵の伽羅が卯三郎の手に入るだろうか。

それに、伽羅は非常に高価なものだ。『伽羅の香り』はふつうの鬢付け油より高いとはいえ、飛び抜けて値がはるわけではない。

ほんものだとしたら、採算はとれるわけがない。それより、原木には限りがある。いつか、材料がなくなるのだ。

やはり、伽羅と同じ香りを出す方法を考え出した人間がいたのだろうか。だが、それが卯三郎とは言い切れない。

信助という男が考えた伽羅に似た香りの造り方を、卯三郎が横取りをした……。そういう考え方も出来ると思った。

夕餉をとったあと、剣之助が部屋にやってきた。

「父上。きのう、文七さんに話をしてみました」

差し向かいになって、剣之助が切り出した。凛々《りり》しい顔だちに若さが漲《みなぎ》ってい
る。

「やはり、実家のお屋敷の敷居《しきい》を跨《また》ぐことは遠慮したいと言っていました。自分
は湯浅家の人間ではなく、あくまでも外の人間。母からも、決して湯浅家に足を
踏み入れるような真似をするなと言われてきたからと」

「文七らしい」

剣一郎は呟く。

「でも、迷っているふうでした。叔父上が会いたがっていることには感激してい
ました。父上がお話しになれば、気持ちが変わるかもしれません」

「よし。わしからも話してみよう」

「はい」

剣一郎は多恵に向かい、

「高四郎はどうだ？」

と、きいた。

「はい。やはり、だいぶ衰《おとろ》えが目立ちました。文七を早く寄越してくれと」

多恵は目尻を拭《ぬぐ》った。

「そうか。おそらく、文七に何か頼みたいことでもあるのだろう」

そのことを考えると、切なくなった。

「多恵。文七が実家に行くとき、そなたも同道したほうがいい」

「はい」

多恵は静かに頷いた。

「父上。るいには知らせなくてよろしいのでしょうか。るいも、叔父上にはずいぶんと可愛がってもらっています」

娘のるいは、御徒目付《おかちめつけ》の高岡弥之助《たかおかやのすけ》に嫁《とつ》いだ。剣之助は妹のるいにも知らせたらどうだときいた。

「文七のことが済んだあと、るいに知らせよう」

「さぞ、驚くことでしょう」

多恵が声を詰まらせた。

翌朝、剣一郎は江戸橋《えどばし》を渡り、大伝馬町《おおでんまちょう》の角を曲がって浅草御門のほうに足を向けた。横山町《よこやまちょう》に差しかかったとき、音もなく背後に近付いた者がいた。

「太助か」

前を向いたまま、剣一郎は声をかける。

「へえ」

すぐに、太助は横に並んだ。

「青柳さまは後ろにも目があるんですか」

太助は感心したようにきく。

「たまたまだ。どうした?」

「青柳さまをお見かけしたので、あとについて行こうと思ったんです」

「そうか。仕事はいいのか」

「へえ、だいじょうぶです」

「では、ついてきてもらおうか」

「へい」

太助の声が弾《はず》んだ。

「行くのは浅草三間町の長屋だ。宮造という男を訪ねる」

「宮造ですね」

「そうだ。白壁町にある『錦屋』という小間物屋を知っているか」

「『伽羅の香り』の『錦屋』ですね」

「よく知っているな」

「へえ。猫を飼っている後家《ごけ》さんが使っています」

「先日、『錦屋』を見張っていたという男が柳原の土手で斬り殺された。もうひとり、『錦屋』を見張っていた男がいる。それが、これから訪ねる宮造だ。だが、宮造はそのことを否定している」

剣一郎は道々、事情を話した。

浅草御門を抜け、蔵前《くらまえ》に差しかかっていた。

「なるほど」

聞き終えて、太助はひとり大きく頷いていた。

駒形町《こまがたちょう》から三間町に入る。長屋はすぐわかった。

長屋木戸を入り、宮造の家にまっすぐ向かう。

「ここですかえ」

太助がきく。

「そなたは顔を晒《さら》さないほうがいい」

「へい」

剣一郎が腰高障子を開けると、男が煙管《キセル》をくわえて莨を吸っていた。

「邪魔をする」

剣一郎は深編笠をとって土間に入る。

「へえ、どちらさま……。あっ、青痣与力」

左頰の青痣を見て、宮造はあわてて煙管を莨盆《ぼん》の灰吹《はいふき》に叩き、上《あが》り框《かまち》まで出てきた。

「宮造か」

「へえ、さいで」

宮造は用心深そうに頷く。

「少し、話がしたいが、今いいか」

「へえ、なんでしょう」

やはり、卯三郎のあとをつけていた男に間違いなかった。

「かみさんはどうした？」

「今、観音様にお参りに。毎日、行ってますんで」

「それは感心だ」

剣一郎は言ってから、

「奉行所の者が『錦屋』の件でいろいろ訊《たず》ねたと思うが？」

と、宮造の顔色を窺う。

「へえ。きかれましたが、あっしに関わりない話でしたので、何のお役にも立てませんでした」

「そうか。絵草紙屋の脇から『錦屋』の様子を窺っている男がいたというが、そなたではないのか」

「違います。あっしは『錦屋』なんぞと縁もゆかりもありません」

「では、『錦屋』の主人卯三郎も知らないか」

「ええ、知りません」

「そうか。ところで、柳原の土手で殺された男を見かけたことはないか」

「いえ、あっしは知りません」

「そうか。いや、邪魔をした」

剣一郎は戸を開けてから、思い出したように振り返る。

「かみさんは料理屋で働いているそうだな」

「へえ」

「どこだ？」

「田原町にある『むらこし』です」

「わかった。では」

このやりとりの間に、太助は家の中を覗《のぞ》いたはずだ。

木戸を出てから、

「宮造の顔を見たか」

と、確かめた。

「見ました。あの男の動きを探るのですね」

「そうだ。頼む」

「へい。では」

太助はすっと剣一郎の脇から離れて行った。

剣一郎は奉行所に向かった。

三

宮造は顎に手をやり、青痣与力がやって来たわけを考えた。

岡っ引きから俺のことを聞いて、会いに来たのだろうが、たいしたことはきかれなかった。

その点では安心したものの、青痣与力が現われたことには身の竦《すく》む思いがする。

いきなり腰高障子が開き、宮造は思わず飛び上がった。

「どうしたんだい、おまえさん」

おくみが怪訝《けげん》そうに土間に立っていた。

「いや、なんでもねえ」

「でも、ずいぶん、びっくりしていたじゃないか」

「おめえが、いきなり戸を開けるからだ」

宮造は莨盆を引き寄せた。

「じつは、青痣与力が来たんだ」

「青痣与力が？　ここにかい？」

「そうだ」

宮造は刻み煙草《たばこ》を詰め、火を点《つ》ける。

「何、きかれたの？」

「たいしたことじゃねえ。『錦屋』を知っているか、殺された男を知っているか
と、岡っ引きにきかれたことと同じだ」

「そう」

おくみは安堵《あんど》のため息を漏《も》らした。

「それより、どうしたんだ、ずいぶんあわてて帰ってきたようだが」

宮造はきいた。

「そう、見かけたんだよ」

おくみが思い出したように言う。

「見かけたって、誰を？」

「卯三郎といっしょに店に来た目付きの鋭い年寄りさ」

「ほんとうか」

「花川戸《はなかわど》まであとをつけたんだけど見失って……」

「いや。上出来だ。あの辺りに住んでいるんだ」

五十歳近い目付きの鋭い男。中肉中背。矍鑠《かくしやく》としている。それがおくみの見た年寄りの特徴だが、それだけで十分だ。

卯三郎と落ち合うところを確かめれば素性は明らかだ。

煙管の雁首《がんくび》を灰吹に叩いて、宮造は立ち上がった。

「おまえさん、どうするんだえ」

「念のためだ。花川戸をぶらついてみる」

宮造は土間を飛び出して行った。

駒形町から吾妻橋《あずまばし》の袂《たもと》を抜けて花川戸にやってきた。料理屋や旅籠《はたご》、小商いの店などが並んでいる。今戸《いまど》や橋場《はしば》に向かう道なので人通りが多い。

念仏の五郎が住んでいるとしたら、しもたやではないかと想像した。しかし、ひとりで暮らしているわけはない。若い妾《めかけ》に商売でもやらせているのか。

そんな目で下駄屋や鼻緒屋、一膳飯屋などに注意を向けながら今戸橋までやってきた。

山谷堀《さんやぼり》には船宿が並んでいる。吉原通いの客が猪牙舟《ちょきぶね》でやって来る。宮造は橋の欄干《らんかん》に手をつき、大川のほうを見た。

初秋の空は青く、澄み渡っていた。大川からの風が心地よく顔に当たる。大川に舟が出ている。

卯三郎はいったん深川まで舟で行き、そこから別の船宿の舟に乗って山谷堀までやってくるのではないか。

宮造はそうに違いないような気がしてきた。


長屋に帰った。

「どうだった?」

おくみがきく。

「うむ。だいぶ、わかってきたぜ」

宮造は自分の考えを述べた。

「そうね」

おくみも頷く。

「念仏の五郎の居場所さえ摑《つか》めば、吉富さまからたんまりご褒美《ほうび》がもらえるのだ。今度こそ、卯三郎の行き先を突き止めて見せる」

宮造は不敵《ふてき》に笑った。

きのうも、その前も新シ橋の船宿の近くで待っていたが、卯三郎は現われなかった。きょうこそ、念仏の五郎に会いに行くはずだ。

昼餉をとったあと、宮造は出かける支度をした。

「じゃあ、少し早いが、俺は出かけるぜ。なんとなく、きょうは卯三郎が出かける気がする」

「気をつけてね。柳原の土手でのことがあるから」

「心配いらねえ。じゃあ、行ってくる」

宮造は勇んで土間を出た。

『錦屋』の前で見張る必要はなくなったから、岡っ引きに目をつけられることはない。宮造は新堀川《しんぼりがわ》を渡り、三味線堀《しゃみせんぼり》の脇を抜け、向柳原《むこうやなぎわら》から神田川にかかる新シ橋にやってきた。この橋付近で待っていれば、必ず卯三郎がやってくる。

宮造は確信した。まだ、陽は中天から少し傾いただけだが、卯三郎がいつ出かけるかわからず、長時間待つつもりでいた。

宮造は橋の袂から和泉橋《いずみばし》のほうに目をやった。秋風を受けながら、羽織姿の男が歩いてくる。宮造は目を疑った。卯三郎だった。まさか、こんな早い時間に現われるとは思っていなかったので、少しあわてて橋の下に身を隠す。

卯三郎は常に周囲を気にしていた。用心深い。卯三郎は案の定、船宿に入り、猪牙舟を頼んだ。

卯三郎を乗せた猪牙舟が出て行くのを確かめて、宮造は川沿いを走った。柳橋まで走り、舟が両国橋をくぐって行くのを確かめてにんまりした。

卯三郎は別の舟で深川から山谷堀に向かうはずだ。宮造は蔵前から駒形を経《へ》て吾妻橋の袂までやってきた。

さらに、花川戸町から今戸橋まで行った。山谷堀にはたくさんの猪牙舟が停まっていた。吉原の昼見世の客を待っているのだろう。昼見世は昼の九つ（午後十二時）から七つ（午後四時）までだ。

七つを過ぎ、山谷堀から猪牙舟が大川に出て行く。両国や日本橋のほうに帰るのだろう。引き上げの舟が一段落したあと、今度は夜見世に行く客が猪牙舟でやってきて、山谷堀は舟でまた賑《にぎ》わった。

新たに、吾妻橋をくぐって猪牙舟が山谷堀に向かってきた。しかし、客は卯三郎ではなかった。

辺りはだんだん暗くなってきた。宮造はふと焦《あせ》りを覚えた。もうとっくに卯三郎は来ていなければならない。見逃したか。

いや、今戸橋の袂から山谷堀に入って行く舟にずっと目を凝《こ》らしていたのだ。見逃すはずはない。

暮六つ（午後六時）の鐘が鳴りはじめた。大川も闇に包まれた。さすがにおかしいと思った。

卯三郎はきょうはこっちに来なかったのか。深川で用を済ませたのだろうか。それとも、目的地は山谷堀ではなかったのか。

そういえば、吾妻橋をくぐって山谷堀に向かわず、もっと上流に行った猪牙舟もあった。この先には橋場の船着場がある。

「橋場か……」

宮造は思わず呟いた。

しかし、念仏の五郎は花川戸町近辺に居を構えているのではないか。まさか、用心してわざと少し遠い船着場を使っているのだろうか。

橋場方面から何人かがやってきて今戸橋を渡り、花川戸のほうに行った。その中に卯三郎がいたのだろうか。

ふと近くで水音がした。小石が川に落ちたのか。

「誰かいるのか」

宮造は暗がりに向かって声をかけた。

すると、猫の鳴き声がした。

「猫か……」

宮造は舌打ちした。

再び静かになった。せっかく、いい狙い目だと思っていたが、見当《けんとう》が違った。

よし、今度は橋場で待つ。そうすれば、必ず念仏の五郎に行き着く。宮造はい
卯三郎は橋場まで行ったのだ。

まいましい思いで引き上げた。

翌朝、宮造は朝餉《あさげ》をとってすぐ長屋を出た。

田原町から稲荷町《いなりちょう》を通り、上野山下《やました》から池之端仲町《いけのはたなかちょう》を経て湯島《ゆしま》の切通しに出た。ゆうべは思い返しても無念だった。なぜ、橋場まで気がまわらなかったか。念仏の五郎が花川戸町近辺にいるということから、ためらわず山谷堀だと思ってしまったのだ。用心深い卯三郎のことを考えれば、橋場から歩くことも十分に想定出来たのだ。

加賀前田《かがまえだ》家の広大な上屋敷の脇を通り、宮造は本郷四丁目にある大角寺の山門

をくぐった。

宮造は庫裏に通され、吉富紋之助がやってくるのを待った。

念仏の五郎は旗本瀬戸隼人の屋敷に忍び込み、さる大名家から預かっていた伽羅の原木を盗んでいったという。その返却期限が来月に迫っていて、紋之助は焦っているようだ。

だが、宮造は気になることがあった。卯三郎が『伽羅の香り』の材料にしたのなら、原木は削《けず》られて小さくなっているはずだ。

今から小さくなった原木を見つけて回収したとして、それを返済して面目《めんもく》が立つのだろうか。

大名家のほうでもそれで納得いくのか。そのことが気になった。

廊下にひとの気配がして、襖《ふすま》が開いて吉富紋之助が入ってきた。大柄で肩幅も広い。浅黒い顔だちで、眼光も鋭い。

「宮造。ごくろう」

紋之助が声をかけた。

「へえ。すみません。まだ、お約束が果たせなくて……」

「どんな様子だ？」

紋之助は厳しい表情になってきいた。

「先日、おくみの働いている料理屋で、卯三郎が五十ぐらいの目付きの鋭い男といっしょに来たそうです。その男は花川戸町付近に住んでいるようです」

「念仏の五郎か」

紋之助が目を光らせた。

「間違いないと思います」

宮造は答え、

「卯三郎は舟を乗り継いでいると申し上げましたが、卯三郎の行き先がようやくわかりました。浅草の橋場です」

「橋場」

「はい。新シ橋の船宿から舟で深川に行き、そこから舟を乗り換え、橋場に戻っていると思われます。今度こそ、橋場で待ち伏せし、あとをつけます。必ず、念仏の五郎のところに行くはずです」

「よし。期待しているぞ」

「へえ」

宮造は返事をしてから、

「吉富さま。ちょっとお伺いします」

　と、切り出した。

「返却期限が来月に迫っているってことですが、卯三郎は『伽羅の香り』を造るために、伽羅の原木をかなり削っているんじゃありませんか。削られて小さくなった原木を返して、それで済むのですかえ」

「返さぬよりはましということだ」

「やはり、そうですか」

「だから、早く取り返したいのだ。もしかしたら、原木は『錦屋』の屋敷の中に仕舞ってあるかもしれない。押し込みを装って忍び込んだほうがてっとり早いと も考えられるが、『錦屋』には用心棒がいて難しい。もし、失敗したら殿《との》の身に災いがあろう。そこまでは出来ぬのだ」

「わかりました」

　宮造は頷いたあと、

「吉富さま」

　と、声をひそめた。

「なんだ?」

「先日、お会いしたときに話した莨売りの男が何者かに斬られました。やはり、その男は『錦屋』を見張っていたようです」

「この前も言ったが、『錦屋』の探索を命じているのは宮造だけだ」

「お屋敷の中で、他のご家来が別の人間に探索を命じているとは？」

「ない」

紋之助はきっぱりと言う。

「でも、吉富さまの知らないところで……」

「伽羅の原木のことは限られた人間しかしらないのだ。だから、それはあり得ぬ」

「そうですか。では、誰なんでしょうか」

「『伽羅の香り』の造り方を探ろうという商売敵が送り込んだのではないか。それがばれて、『錦屋』の人間に殺されたのだ」

「『錦屋』には用心棒がふたりいるそうですから、用心棒の仕業かもしれません」

「商売敵だとしたら、また新たな人間を送り込んでくるだろう。そなたも注意を払うように。あるいは、今度はそなたに接触を図ってくるかもしれない」

「わかりました。用心します」

宮造は卑屈《ひくつ》そうな笑みを浮かべ、

「吉富さま。ご褒美のほうは間違いないでしょうか」

「心配いたすな。ただし、念仏の五郎を見つけてからだ」

「わかっています」

「おくみはよけいなことを誰にも話していないだろうな」

「もちろんです」

「そうか。今回の件、立派にやり遂《と》げたら、ふたりで何か商売が出来るぐらいの金は殿に言って出させよう。そうすれば、おくみも料理屋で働かずに済む」

「へえ、早くそうしてやりたいと思います」

「では、引き続き頼んだ」

「へえ。では、あっしは」

宮造は先に立ち上がった。

外に出て、山門に向かう。

山門の横で、二十四、五歳ぐらいの男が猫をあやしていた。野良《のら》猫らしいが、若い男によくなついている。

宮造は山門を出た。なんとなく視線を感じて振り向いた。しかし、やはり若い男が猫をあやしているだけで、他に誰もいなかった。

視線は気のせいかと思い、寺をあとにした。なんとしてでも、今度こそ卯三郎の行き先をつきとめてやる。そう思いながら、帰りは本郷通りを湯島聖堂《せいどう》のほうに向かった。

『錦屋』の前を通ってみようと思ったのだ。もし、この前の岡っ引きに会ったら、事件の見通しをきいてみたい。

昌平坂を下り、筋違橋を渡る。八辻ヶ原を突っ切って須田町を経て白壁町に着いた。

『錦屋』の前を素通りした際、店を見たが、ふだんと何も変わることはなかった。

『錦屋』を行き過ぎて、引き返そうと思ったとき、青痣与力の青柳剣一郎がやってくるのに気づいた。

あわてて、先を急ぎ、町角を曲がった。やはり、青痣与力は苦手だ。当たり障《さわ》りのない話をしていても、何かを見透《みす》かされそうな気がするのだ。

宮造はすっと通りに戻った。青痣与力の姿はなかった。どうやら『錦屋』に入って行ったようだ。

青痣与力は『錦屋』に何をしに行ったのか。宮造は不安になった。青痣与力はこれまでにも数々の難事件を解決してきた与力だ。

だが、いくら青痣与力だろうが、『錦屋』と盗賊念仏の五郎とのつながりがわかるはずはない。

そう思いながら、宮造は白壁町から遠ざかって行った。

四

剣一郎は『錦屋』の客間で卯三郎と会っていた。

「じつは、ちょっと気になることがあってな」

おいとが出してくれた茶を一口すすったあとで、剣一郎は本題に入った。

「さて、なんでしょうか」

「一昨日、買い求めた『伽羅の香り』を家内に嗅いでもらった。家内は香の嗜《たしな》みがあってな。すると、家内はこう申した。伽羅の香りだと」

「それは光栄にございます。香の嗜みがあるお方からそう仰っていただけるのは何よりうれしいことでございます」

「いや。ほんものの伽羅ではないかということだ」

剣一郎は卯三郎の目を見つめ、

「錦屋。そなた、ほんものの伽羅を手に入れたのではないか」

と、手応えをみた。

「とんでもない。私ごときに、ほんものの伽羅が手に入るはずありませぬ」

「では、伽羅の香りは造り出したものだと言うのだな」

「はい。もし、ほんものの伽羅を使っていたとしたら、だんだん原木は小さくなっていずれなくなってしまいます。そのとき、『伽羅の香り』の命運も尽きましょう。売り出して三年近くになります。原木だとしたら、そろそろ終末に差しかかっているころにございます」

「確かに、そうだ。そう考えれば、伽羅の原木を使うはずはない」

剣一郎は素直に応じ、

「ならば、伽羅の香りを造り出した手法は貴重だ。その手法を知っているのは誰がいるのだ?」

「私だけでございます。職人は私の指示通りにしているだけです。職人は私がいなければ、その香りを造り出すことは出来ません」

「信助はどうだ？」

「信助は京におりますゆえ」

「信助なら『伽羅の香り』が造れるのだな？」

「はい」

「信助は鬢付け油を造っていた職人であったな。そなたは小間物の行商をしていた男。どう考えても、『伽羅の香り』を造り上げることが出来るのは、信助のような気がするが？」

「私が伽羅の香りを造り出せないかと信助に相談をしたのです。信助は無理だとはじめは相手にしませんでしたが、私がいろいろな手を話すうちにだんだんその気になってきたのです」

卯三郎はよどみなく答える。

「そなたは信助がまだ京にいると言っていたが、そのことに間違いないか。ほんとうは帰って来ているのではないか」

「私は京にいると信じています」

「信助はもともとどこの職人だったのだ？」

「わかりません」

「わからない？」

「はい。小間物の行商をしているときに知り合ったのです。自分で鬢付け油の職人だと言ってました」

「妙だな」

「はっ？」

「信助について、最初に聞いた印象とだいぶ違う」

「申し訳ございません。喧嘩別れした相手なので、あまり思い出したくないのです。それで、説明が雑になったのかもしれません」

卯三郎はひとのものを欲しがり、手に入れないと気がすまないという性癖《せいへき》がある。そのことを考えたとき、『伽羅の香り』を造ったのは信助で、卯三郎が横取りをしたのではないかという疑いがまたしても頭をもたげる。

信助についてももっと調べる必要がありそうだ。

「青柳さま」

卯三郎が声をひそめた。

「おいとの元亭主の鉄平のことですが……」

「鉄平がどうかしたか」

「おいとが身籠もっていることを知っているようです。お腹にいるのは自分の子ではないかと、いまだに思っているようなんです」

「何かことを起こすやもと」

「それを聞いてから、いやな夢を見るようになりました。鉄平が町中で待ち伏せていて、鑿《のみ》で私の腹を突き刺そうとする夢です。最近、何度か同じような夢を見て、ちょっと不安になりました。正夢《まさゆめ》ということもあります」

卯三郎はおいとの耳を気にするように声を抑《おさ》えたまま、

「青柳さまにこのようなお願いをして恐縮なのですが、一度、鉄平の様子を見てきていただけないでしょうか。真面目に仕事をしているなら安心なんですが、自暴自棄になって生活が荒れているとなると、逆恨《さかうら》みが私に、そればかりでなくおいとにも向けられるかもしれません」

「なぜ、わしに？」

剣一郎は疑問を呈《てい》した。

「いつぞや、店の前で、青柳さまが鉄平を諭《さと》していたのを店の者が見ておりました。しかし、やはり心配なのです。もう一度会っていただけないでしょうか。青柳さまの意見なら鉄平も身に沁《し》みましょうほどに」

「鉄平の住まいは？」

「岩本町《いわもとちょう》です。同じ町内にある大工の棟梁源吉《とうりょうげんきち》のところに通っています」

「よし、帰りに寄ってみよう」

「恐れ入ります」

卯三郎は頭を下げた。

剣一郎が立ち上がると、卯三郎は手を叩いた。

すぐおいとがやって来た。

「青柳さまがお帰りだ」

「はい。どうぞ」

剣一郎はおいとに促《うなが》されて廊下に出た。

「お腹の子は大事ないか」

「はい。とても元気です」

おいとは寂しそうに答えたが、今の境遇に不満を持っているようには思えなかった。

剣一郎はおいとに見送られて『錦屋』をあとにした。

剣一郎は深編笠をかぶり、岩本町から豊島町《としまちょう》に向かった。

岩本町の大工の源吉の家に行くと、鉄平も豊島町の普請場《ふしんば》に出かけているということだった。

普請場はすぐわかった。柱が何本か立っていた。丸に源の字の屋号が背中にある法被《はっぴ》姿の大工が何人も働いている。鉄平を捜すと、材木の鉋《かんな》掛けをしていた。

年配の男が床几《しょうぎ》に腰を下ろし、職人たちに目をやっていた。

剣一郎は近付いて声をかけた。

「源吉か」

「へえ。さいで。あっ、青柳さま」

源吉が立ち上がろうとした。

「そのまま」

剣一郎は押しとどめた。

「鉄平のことだ」

「ああ、あいつですか。最近、一所懸命ですぜ」

「そうか。真面目にやっているのか」

「かみさんをとられて、一時は荒れていましたが、やっと吹っ切れたようです」

「おいとは身籠もっている。そのことで、鉄平は何か言っていたか」

「青柳さまに言われたことが身に沁みたようでございます。いつか父親だと名乗り出る機会がきたとき、堂々と父親だと言えるように一人前の大工になるのだと」

「そうか」

「呼びましょうか」

「いや、いい。鉄平がまっとうに暮らしているかどうかわかればいいのだ」

「まったく手慰《てなぐさ》みも酒もやりません。最初からこうだったら、あんなことにならなかったんですがねえ」

「『錦屋』のことか」

「へえ。なんて阿漕《あこぎ》な男だと思っても、『錦屋』の卯三郎がいなかったら、鉄平もおいともだめになっていたでしょう。そう思うと複雑な気持ちです。代償は大きかったですが、鉄平が立ち直ってくれて正直ほっとしています」

視線に気づいたのか、鉄平が鉋掛けの手を止めてこっちを見た。深編笠の侍が剣一郎と気づいたのか、鉄平は軽く頭を下げ、鉋掛けに戻った。

「もう、鉄平はだいじょうぶなんだな」

「あっしが請け合います。もう、鉄平は心配いりません。ですから、あっしは新しい嫁《よめ》を世話しようと思っています」

「そうか。いい娘がいるのか」

「おりますが、鉄平はまだそんな気になれないと遠慮しました。まあ、近々、改めて勧めてみるつもりです。もし、おいとに会うようなことがあったら、鉄平はもう心配しなくていいと伝えてください」

「鉄平が立ち直ったのにはそなたの力も大きかったようだな」

「いえ、とんでもない」

「おいとに伝えておこう」

剣一郎はそう言い、源吉の前から離れた。


その夜、屋敷に文七が来ていた。

以前は庭先に立っていたが、最近になってやっと部屋に上がるようになった。腹違いとはいえ、多恵の弟だということを公然としたからだ。

「文七、剣之助から聞いたと思うが、高四郎のことだ」

剣一郎は切り出す。

「はい」

文七は低頭《ていとう》する。

「高四郎は、以前から腹違いの弟がいることを知っていた。今、病に臥《ふ》し、そなたに会いたがっているのだ」

「私のような者にそう言っていただき、ありがたく思っています。でも、私は母から決して湯浅家に迷惑がかかるような真似はしてくれるなと言われてきました。湯浅家の敷居を跨ぐことは出来ません」

「そなた、何か勘違いをしているのではないのか」

剣一郎は口をはさむ。

「母御は何と言ったたな。湯浅家に迷惑がかかるような真似はしてくれるな、だな。高四郎が病床から会いたいと願い出ているのに会いに行くことが、湯浅家に迷惑をかけることになるのか。それとも、そなたが言う湯浅家というのは多恵の両親であって、多恵や高四郎は関係ないということか」

「いえ。私が屋敷に伺っては父上のご妻女どののお心を乱すことになろうかと……」

「なぜ、そう思うのだ?」

「なぜって、私は父上が外の女に産ませた子だからです」

「つまり、そなたは、ご妻女どのをそのようなことで心を乱す情けない女だと思っているのだな」

「違います。そんなことは思っていません」

「しかし、そう思われても仕方あるまい。腹違いとはいえ、そなたの兄が会いたいと言っているのを断るのはそういうことであろう」

剣一郎は自分でも強引だと思いながら文七の説得を試みた。

「ましてや兄は重い病の床にあるのだ。その懇願《こんがん》を断るとは、ずいぶん身の程知らずではないか。断ることこそ、湯浅家に迷惑をかけているとは思わぬか」

「…………」

「文七、よけいなことは考えるな。今、病に苦しんでいる兄がそなたに会いたがっている。そのことの重みだけを考えよ」

しばらくうなだれていたが、やっと文七が顔を上げた。

「わかりました。お見舞いに参上いたします」

文七は苦しげに答えた。

「うむ。それでいい。多恵とともに高四郎に会って来い」

剣一郎は慈《いつく》しむように言い、手を叩いた。

多恵が入って来た。

「文七が高四郎の見舞いに行くそうだ」

「そうですか。では、明日にでも行きましょう」

多恵が文七に言う。

「姉上、よろしくお願いいたします」

文七が頭を下げたとき、猫の鳴き声がした。

「あとはふたりで決めてくれ」

剣一郎は立ち上がり、濡縁《ぬれえん》に出た。

太助が庭先に近付いてきた。

「お客さまのようでしたが」

太助が気にした。

「済んだ」

剣一郎は答え、話を聞くようにあぐらをかいて座った。

「どうであった？」

「へえ。きのう、あのあと、宮造は花川戸に行き、何かを捜すように歩き回ってから、今度は今戸橋に行きました。それから、いったん、長屋に戻り、昼過ぎに向柳原から新シ橋まで行き、そこにずっと留まっていました。どうやら、誰かを待ち伏せている様子でした。そしたら、そこに待ち人が」

「卯三郎か」

「そのとおりです。卯三郎は船宿から猪牙舟に乗りました。宮造は柳橋まで走り、舟が両国橋をくぐったのを確かめてから今戸橋まで行きました」

「今戸橋か。山谷堀だとすると、卯三郎がやってくるのを待っていたのか」

宮造は卯三郎のあとをつけていた。行き先を確かめようとしたが、卯三郎は用心して舟を使っていたのだ。

「そうだと思います。でも、卯三郎は来ませんでした」

「来なかった？　山谷堀ではなかったのか」

「宮造は、橋場か、と呟いていました」

「卯三郎の行き先は橋場か」

「そうだと思います。次は、宮造は橋場で卯三郎を待つに違いありません。あっしもそこで待って、卯三郎がどこで誰と会うのか見届けます」

「太助、よくやった」

剣一郎は褒《ほ》めた。

「青柳さま。まだ、あります」

太助はさらに続けた。

「今日の朝、宮造は本郷四丁目にある大角寺に向かいました。そこの庫裏《くり》に入って行きました。しばらくして、大柄な武士がやって来たので、宮造はその武士と会ったようです」

「…………」

「半刻（一時間）ほどで、宮造が引き上げたあと、武士が出て来ました。で、武士のあとをつけました」

「わかったのか」

「はい。旗本瀬戸隼人さまのお屋敷に入って行きました」

「瀬戸隼人どのは確か新番頭《しんばんがしら》だ。その者は、瀬戸どのの家来か」

「はい、近くの辻番からききだしました。吉富紋之助さまという近習《きんじゆ》の者だそうです。それから、瀬戸家の中間《ちゆうげん》が出て来るのを待ってきいたところ、宮造はいっとき瀬戸家で中間をしていたことがあったそうです」

「…………」

「宮造のかみさんも瀬戸家に女中奉公をしていたそうです」

「太助。よく、僅《わず》かな時間でそこまで調べてきた」

剣一郎は感心した。

「いえ、たまたま運がよかったんです。きいたら、みんなすぐ教えてくれましたから」

「いや。そこまでよく気が回った。武士の素性を確かめようとしたことは手柄だ」

「とんでもねえ」

太助は照れたように頭をかいた。

「太助。上がらぬか」

「いえ。じつは、猫を捜してくれと頼まれたので、これから捜しに行かなきゃならないんです。じゃあ、また明日、お邪魔します」

太助は音もなく去って行った。

剣一郎が暗い庭を見ていると、文七がやってきた。

「今のが太助ですか」

太助のことは文七にも話してある。文七に新たな生き方をするように話したとき、太助のことを告げたのだ。

「あの者なら安心です」

自分のあとを引き継ぐことになる太助のことを、文七は寂しそうに讃《たた》えた。

翌朝、出仕した剣一郎は京之進を与力部屋に呼んだ。

「これへ」

剣一郎は京之進を呼び寄せ、

「まず、わしのほうでわかったことを話そう」

と、宮造が瀬戸家の近習吉富紋之助の指示で動いているらしいことと、卯三郎が尾行に気を使って舟を乗り継いで目的地に行っていることを話した。

「なぜ、瀬戸家の近習が卯三郎に目をつけているのかわからぬ。また、卯三郎がそこまで用心して誰と会っているのか……」

剣一郎は首をひねるしかなかった。

「ただ、ひとつ、卯三郎の口から気になる男の話が出た。信助という鬢付け油の職人だ」

信助は卯三郎といっしょに『伽羅の香り』を造り上げたが、考え方が異なって

仲違いをし、信助は京に行ったきりだという話をし、

「卯三郎の話がどこまで真実かわからぬ。信助のことも詳しく話そうともしない。信助のことを調べてもらいたい」

「わかりました」

新しい手掛かりに心が勇み立ったように、京之進は力強く応じた。

「そっちはどうだ？」

剣一郎は京之進の探索のほうに話を移した。

「殺された男の身許はまだわかりません。元盗人だった男や、牢屋敷にいる盗賊の親玉だった連中に、ホトケの特徴を話しましたが、誰も心当たりはないそうです」

京之進は表情を曇《くも》らせて言う。

「そうか」

「ただ、牢屋敷にいる男が妙なことを言ってました」

「妙なこと？」

「いえ。あくまでもその男の想像なんですが……」

「なんだ？」

「四年ほど前に念仏のお頭に会ったとき、伽羅の原木を探していると聞いたというのです」

「念仏のお頭？　念仏の五郎か」

「はい。念仏の五郎は金以外でも値打ちのあるものは盗んでいくという男で、骨《こっ》董《とう》品や刀剣、掛け軸なども対象だったそうです。念仏の五郎は欲しいものはなんでも手に入れないと気がすまない性分で、その欲しいものを奪う目的だけで盗みに入ったそうです」

「欲しいものはなんでも手に入れないと気がすまない……」

卯三郎と同じだと思った。

「殺されたのは念仏のお頭の手下ではないかと、牢屋敷の男が言っていました」

「しかし、念仏の五郎は三年ほど前から動きを見せていないが？」

「はい。念仏の五郎は五十歳になるので、すでに足を洗ったものと考えていました。でも、最近の『伽羅の香り』の評判を聞いて、またぞろ、かねて欲していた伽羅の原木を手に入れるべく動き出したのではないか、と」

「念仏の五郎か」

剣一郎は呟いた。

『錦屋』を見張っていた莨売りの男が念仏の五郎の手下かどうかわからないが、卯三郎と念仏の五郎が同じような貪欲な人間であることに引っかかりを覚えた。

「念仏の五郎について調べよう」

剣一郎はますます混迷を深めていくような気がしたが、卯三郎が誰と会っているか知ることで一気に探索が進むような予感もしていた。

五

翌日、剣一郎は本郷四丁目にある大角寺の山門をくぐった。

まっすぐ本堂まで行く。薄暗い堂内に阿弥陀如来像《あみだにょらい》が見えた。ひっそりと静まっている。

深編笠をかぶったまま、剣一郎は庭を掃除している寺男に声をかけた。不精髭《ぶしょうひげ》を生やした四十歳ぐらいの男だ。

「ちょっと訊ねるが、ここは旗本の瀬戸さまの菩提寺《ぼだいじ》であったな」

剣一郎はためしに口にした。

「へえ。瀬戸さまの代々のお墓があります」

「瀬戸さまはときたま庫裏を借りているそうだが？」

「ご家来がよくいらっしゃいます」

「吉富紋之助どのだな」

「ご存じでいらっしゃいますか」

「ちょっとな。最近は、宮造という男とよく会っているようだな。今度、いつ来るかわからぬか」

「わかりません。あっしのような者は歯牙《しが》にもかけられませんから」

寺男は顔をしかめた。

「そうか。傲岸《ごうがん》なようだな」

「へえ。みんなそうですがね」

「みんなとは？」

「瀬戸さまのお屋敷の方たちですよ」

寺男は瀬戸家には反感を抱いているようだった。

「そなたはここで何年ぐらい働いているのだな」

「かれこれ十年になります」

「十年か。吉富どのは宮造以外の人間とここで会うことはあったか」

「さあ、どうでしょうか。いや、そういえば、四、五年ほど前には四十半ばぐらいの男とよく会っていました」

「どんな感じの男か覚えているか」

「まっとうな商売をしているようには思えませんでしたね。一度、やってきたときに目が合いましたが、背筋がぞっとしたことを覚えています」

「ほう」

「ただ、言葉づかいは穏やかでした。だから、かえって大物ではないかと思いました」

「だいぶ印象に残っているのだな」

「へえ。今までに、目を見ただけで背筋がぞっとしたことはありませんでしたから」

「そうか。よく思い出してくれた。ところで、最近になって吉富紋之助どのは宮造と会っているが、それ以前にも誰かと会っていたか」

「いえ、屋敷以外のひとと会うのは四、五年ほど前に会っていた男以来です」

「そうか。だいぶ参考になった」

剣一郎は礼を言って立ち去ろうとした。

「もし」

寺男が呼び止めた。

「失礼ですが、青柳さまですかえ」

「うむ」

剣一郎は深編笠を人差指で少し押し上げて顔を見せた。

「こいつは失礼しました」

「いや。いろいろ面白い話が聞けた。礼を申す。ただ、わしがここに来たこと、誰にも言わないでくれるか」

「もちろんでさ」

寺男は弾んだように答える。

剣一郎は山門を出た。期待したわけではないが、寺男から思いがけない話を聞いた。四、五年ほど前に、吉富紋之助は四十半ばぐらいの男とよく会っていたという。その男が何者か想像もつかないが、宮造のように、紋之助はその男に何かをさせていたのではないか。

剣一郎は武家地に足を向けた。小禄《しょうろく》の直参の屋敷が並ぶ一帯を抜けると、大名屋敷や大身の旗本屋敷が現われた。

剣一郎は瀬戸隼人の屋敷の前にやってきた。三千石の威容《いよう》を誇る長屋門を横目に見ながら素通りをする。

潜《くぐ》り戸の横の門番小屋の窓に門番が見える。潜り戸が開いて侍が出て来たが、二十代の若い侍だ。吉富紋之助が出て来るという偶然はあり得なかった。

剣一郎はそのまま引き上げた。

奉行所に戻った剣一郎は年番方与力の宇野清左衛門への面会を求めた。使いに出した見習い与力が戻ってきた。

「今、よろしいとのことです」

「ごくろう」

剣一郎は声をかけて立ち上がった。

年番方の部屋に行き、剣一郎は清左衛門と会った。

「向こうへ」

近くには補佐役の同心たちもいるので、清左衛門は別間に移動した。

そこで差し向かいになり、剣一郎はこれまでにわかったことを報告した。

「『錦屋』に関して大きな疑問は、『伽羅の香り』がほんものの伽羅を使っているのか、あるいは伽羅と同じ香りを造り出したのか。主人の卯三郎は造り出した香りだと言っていますが、その判断はつきません。そこが要《かなめ》のように思えます。また、瀬戸隼人さまの家来の吉富紋之助が宮造に命じて卯三郎のあとをつけさせています。おそらく、卯三郎が頻繁《ひんぱん》に会っている相手を探り出そうとしているのでしょうが、その狙いがわかりません」

剣一郎は息継ぎをし、

「また、殺された男は瀬戸家とは別の筋で、『錦屋』を見張っていたようです。武家と見受けられましたが、その素性も下手人もまだわかりません。さらに、新たに浮かび上がったのが念仏の五郎です」

「念仏の五郎とな。鳴りを潜めて久しいが？」

「三年半になります。牢屋敷にいる盗人が言うには、四年ほど前に念仏の五郎が伽羅の原木を探していたそうです。念仏の五郎が今回の件に何らかの形で関わっているとも考えられます」

剣一郎はいっきに話した。

「そうか」

清左衛門は聞き終えて、はじめて声を出した。

「で、瀬戸隼人さまですが、どのようなお方なのでしょうか」

武鑑《ぶかん》を諳《そら》じているという清左衛門は、武鑑には記されていない人間性についての調査も怠《おこた》りなかった。

「瀬戸隼人どのは三十五歳。文武両道に秀《ひい》でたお方という評判だが、非常に短気で、いったん怒ると、周囲は手がつけられないそうだ。瀬戸どのをうまく補佐しているのが近習の吉富紋之助ということだ」

清左衛門は定期的に御徒目付組頭と面会している。御目付の下で、旗本や御家人を監察《かんさつ》する任を負うので、いろいろ話を聞いてくるのだ。清左衛門の凄《すご》さは一度聞いたことは忘れないということだ。

「瀬戸さまは香道には関心がおありなのでしょうか」

「香道とな」

清左衛門は首を傾げた。

「そこまではわしの耳には入っておらぬ。調べておこう」

「お願いいたします。それと、香道に熱心な大名家についてわかるものなら調べていただきたいのですが。伊達公の『柴舟』と名づけられるような高名な香木を持っている大名家ではなく……」

「はい。殺された男は盗人の一味でなければ、大名家の密偵《みってい》のような人間なのかもしれません。いずれとも判断はつきませぬが、いちおう調べておいたほうがいいと思います」

「わかった。大名家の留守居役はいろいろな噂を集めていよう。そこから何かわかるかもしれない」

各大名家の留守居役は頻繁に寄り合い、情報の交換をしているのだ。その中に、伽羅の原木を持っている大名の話が出ているかもしれない。

「お願いいたします」

剣一郎は清左衛門の前から辞去《じきょ》し、再び奉行所を出た。

剣一郎は白壁町の『錦屋』の前にやってきた。

気になることがあった。殺された莨売りの男は単独で『錦屋』を見張っていたわけではない。誰かの命令で動いていたのだ。

しかし、莨売りの男が殺されたあと、何の動きも見せていない。命じた者はなぜ黙っているのか。

剣一郎は深編笠をとって『錦屋』に入った。

おいとが帳場格子《ちょうばごうし》の前に座っていた。お腹もだいぶ目立って来ている。

「卯三郎はいるか」

剣一郎は声をかけた。

「はい。どうぞ」

おいとが立ち上がり、番頭にあとを託して、剣一郎を客間に案内した。

「卯三郎の都合をきかなくてよいのか」

「はい。青柳さまがいらっしゃったら、いつでもお通しするように言われています」

「そうか」

「少々、お待ちください」

おいとは何か言いたそうな様子だったが、そのまま客間から下がった。

しばらくして、卯三郎がやってきた。

「お待たせいたしました」

「忙しいところに何度も押しかけてすまない」

「いえ」

卯三郎は微笑んだ。

「鉄平のことだ。棟梁の話では、今はまっとうに働いているそうだ。おいとのお腹の子は自分の子かもしれない。その子どもに恥ずかしくない男になろうと、手慰みも一切やっていないようだ」

「そうですか。でも、その気持ちがいつまで続くでしょうか。いつまた、寂しさから手慰みをするようになるかしれません」

「心配ない。棟梁は嫁を世話しようとしていた。信じているからだ」

廊下にひとの気配がした。

「失礼します」

おいとが障子を開けて入ってきた。茶を持ってきたのだが、今の話を聞いていたようだ。

「どうぞ」

剣一郎の前に湯呑みを置いた。

「かたじけない」

「おいと。鉄平はもう逆恨みをしないようだ。これで、安心して子どもを産める」

卯三郎が声をかけた。

「はい」

おいとはほっとしたように頷いて部屋を出て行った。

ここに案内したとき、おいとが何か言いたそうにしたのは、鉄平の様子を知りたかったからのようだ。

「かみさんも鉄平のことを気にしていたようだな」

「はい。子どもが生まれたあと、鉄平が逆上するかもしれないという恐れを持っていましたからね」

「そうか」

「でも、これで一安心です」

「話が変わるが、その後、何か変わったことはないか。蓑売りの男が殺されたあと、何の動きもないのが気になるのだ」

「それが……」

卯三郎が厳しい表情になって、

「先日、桂木さまが外出したとき、饅頭笠《まんじゆうがさ》に裁《た》っ着《つ》け袴《ばかま》の侍に襲われたそうです」

「襲われた？」

「はい。刀を何度か交《まじ》えてから、莨売りの男を斬ったのはおぬしかときいてきたそうです。違うと答えると、すぐ刀を引いて逃げて行ったとのこと」

「莨売りの男の仲間だな」

「向井さまも、同じようなことを話していました」

「ふたりが莨売りの男を斬ったかどうか、確かめようとしたのだな。どうやら、饅頭笠の男はふたりの話を信用したようだな」

「そのようでございます」

「すまぬが、ふたりから話を聞きたい」

「よございます。おふたりともここにお呼びいたしましょう」

卯三郎は立ち上がった。

しばらくして、卯三郎がふたりを連れてきた。

三十前の、肩幅が広く、がっしりした体つきの浪人が桂木嘉門である。眉毛は太くて濃く、精悍な顔つきだ。

もうひとり、四十近くに見えるが、三十半ばだという細身の浪人が向井久兵衛だ。

「いま、卯三郎からきいたが、饅頭笠に裁っ着け袴の侍に襲われたということであるが、詳しく話していただきたい」

「はい」

　年長の向井久兵衛から口を開いた。

「一昨日の夕方、家内の薬をもらって須田町の医者の家から帰る途中、人気《ひとけ》のない空き地に差しかかったとき、突然目の前に饅頭笠に裁っ着け袴の侍が現われました。有無を言わさず、斬りかかってきて、莨売りの男を斬ったのはおぬしかときいてきました。違うと言うと、すぐ踵《きびす》を返し、逃げ出しました」

「私も同じです。知り合いのところに行く途中に饅頭笠に裁っ着け袴の侍が現われました。同じようにいきなり斬りかかってきて、莨売りの男を斬ったのはおぬしかときいてきました」

「すぐ逃げたのか」

「そうです。饅頭笠の侍は我らの太刀筋を見たのではないでしょうか」

　久兵衛が言う。

「そうであろう。莨売りの男は横一文字に腹部を斬られていた。斬った人間は抜刀した剣をそのまま横に薙《な》いでいる。おそらく、斬ったのは居合《いあい》の使い手だ」

剣一郎は自分の考えを言う。

「私もそう思います」

桂木嘉門が応じた。

「饅頭笠の侍は浪人か、それとも武士か」

「武士だと思います」

ふたりはほぼ同時に答えた。

「その後、『錦屋』に何か変わったことは?」

剣一郎は卯三郎にきいた。

「いえ、何も」

卯三郎は微《かす》かに目を伏せた。

ふたりの浪人が先に引き上げたあとで、剣一郎はふいにきいた。

「旗本の瀬戸隼人さまを知っているか」

「いえ」

半拍《はんぱく》の間があった。

「瀬戸さまが何か」

卯三郎の目が鈍《にぶ》く光った。

「いや、知らぬならいい」

「………」

卯三郎が不安そうな顔をした。

「念仏の五郎という盗賊はどうだ？」

「………」

「どうした？」

「やはり、盗賊が『錦屋』を狙っているのですか」

卯三郎はきいたが、剣一郎には取って付けたような問いかけに思えた。

「まだ、わからぬ」

「そうですか」

「邪魔した」

剣一郎は立ち上がった。

瀬戸隼人、そして念仏の五郎のふたりを、卯三郎は知っている。どうやら、そこに事件を解く鍵がありそうだと、剣一郎は思った。

第三章　橋場《はしば》の女

一

翌日、宮造は新シ橋の近くの川っぷちにいた。前回から日が浅く、卯三郎が動く日ではないと思っていたが、万が一ということもあるのでここで待っていた。秋の陽射《ひざ》しを受け、宮造はぼんやりと草むらに腰を下ろして川を見ていた。荷足船《にたりぶね》が川を下って行く。その後、莨《たばこ》売りの男が殺された件は下手人がわからないままだ。

あの男が『錦屋』を見張っていたのは間違いない。しかし、『錦屋』の用心棒が疑われている様子はない。いったい、あの男は何者で、誰に斬《き》られたのか。

そのとき、宮造はあっと声を上げそうになった。あの男が斬られたのは、男のことを吉富紋之助に話した翌日の夕方だったことを思い出したのだ。

紋之助は莨売りの男に心当たりがあったのではないか。他にも伽羅《きゃら》の原木《げんぼく》を狙《ねら》っている一味がいたのではないか。

　だが、と宮造は考えを進めた。『錦屋』の売り出した鬢付け油は伽羅の匂いを特別な方法で造り上げたものだという。これに対して、紋之助は伽羅の原木を使っているのだと言い切った。

　果たして、紋之助は宮造にほんとうのことを言っているのだろうか。

　紋之助に対する疑惑に戸惑いを覚えていると、対岸の柳原の土手のほうから新シ橋を渡ってくる人影に、宮造は目を見張った。

　卯三郎だ。宮造は橋の下に身を隠し、卯三郎を見送る。いつもより、表情が強《こわ》張《ば》っているように思えた。

　卯三郎が橋を渡り切ってから、宮造は川っぷちから通りに出る。

　卯三郎はいつもの船宿に入っていった。宮造は柳橋のほうに走った。すれ違った男が驚いて振り返るくらいの速度で柳橋までやってきた。

　ほぼ同じぐらいに、卯三郎を乗せた猪牙舟《ちょきぶね》がやってきた。柳橋をくぐって大川に出る。宮造が目で追うと、舟は両国橋に向かった。

　それを確かめて、宮造は蔵前通りを橋場に急いだ。

　小名木川《おなぎがわ》か仙台堀《せんだいぼり》のどこかで舟を下り、別の船宿の舟で橋場を目指すに違いない。用心深い卯三郎が細心の注意を払っているのだろうが、こっちはその上を行っているのだと勝ち誇《ほこ》りながら、宮造は今戸橋を渡り、橋場にやってきた。

橋場から対岸の向島《むこうじま》に渡し船が出ている。今、まさに渡し船が出発しようとしていた。宮造はその手前の川っぷちに腰を下ろし、大川を眺める。

おそらく、卯三郎はここで舟を下り、今戸を経《へ》て花川戸に戻るはずだ。そこに、念仏の五郎の隠れ家がある。

紋之助への疑惑はさておき、今は卯三郎の行き先を突き止め、誰と会うのか確かめなければならない。

陽が少し傾き、大川の川面《かわも》に陽光が白く反射していた。そのきらめく波の合間に猪牙舟がやってくるのが目に入った。

宮造は目を凝《こ》らした。舟はだんだん岸に近付いてきた。舟の人物の顔がわかる場所まで近付いた。

卯三郎だ。宮造は大きく息をして、舟の行方を追った。

舟が桟橋《さんばし》についた。卯三郎が陸《おか》に上がった。

おやっ、と宮造は目を疑った。卯三郎はこちらに来ないで反対のほうに歩いて行く。真崎稲荷社《まつさきいなりしや》のほうだ。

宮造はあわててあとを追う。

卯三郎は真崎稲荷の鳥居をくぐり、社殿で手を合わせてから境内《けいだい》にある水茶屋に寄った。そこで、茶を飲んだ。

しばらくして、銭を置き、水茶屋を離れた。

卯三郎は鳥居を出た。宮造もあとを追おうとすると、鳥居を入って来たふたりの男に行く手を阻《はば》まれた。

「すまねえな、先を急ぐんだ」

宮造は相手にせず、卯三郎を追おうとした。

「待ちやがれ」

大柄な男が怒鳴った。

「俺たちにぶつかりそうになって、挨拶《あいさつ》なしで行くのか」

「先を急ぐんだ。邪魔するな」

宮造は卯三郎を気にして邪険に言う。

「なんだと」

男がいきなり襟首《えりくび》を摑《つか》んできた。

「なにしやがんでえ」

宮造は男の手を払う。

「やりやがったな」

大柄な男が向かってきた。この間にも、卯三郎の姿は百姓地に向かっている。

宮造は焦《あせ》ったと同時に、ふたりの正体について悟った。

「おめえたち、卯三郎の仲間か」

さっき水茶屋で休んだとき、茶屋の人間が裏から出て行って、この連中に知らせに行ったのだ。

「なんのことでえ」

男たちはとぼけた。

いきなり、もうひとりの男が匕首《あいくち》を抜き、宮造の脇腹に当てた。

「静かにするんだ。おとなしくすれば、痛い目に遭《あ》うことはねえ」

「きさま」

「おい、そのまま、歩け」

匕首を突き付けている男が言う。

「こっちだ。妙な動きをしたら容赦しねえぜ」

真崎稲荷の脇から裏に連れ込んだ。匕首の扱いに馴《な》れているらしく、刃先はぴたっと張りついている。

人気《ひとけ》のない場所にやってきた。

宮造はあっと声を上げた。そこに、卯三郎が待っていた。

「どうして、わかったんだ？」

宮造は声を震わせた。

「新シ橋で二度見かけた。柳橋でも見た。妙だと思っていたのだ。案の定、俺のあとをつけていたのか」

「ちくしょう」

宮造は顔をしかめた。

「誰に頼まれたんだね」

「知らねえ。なんのことだ？」

「まだとぼける気か」

卯三郎は哀《あわ》れむように、

「瀬戸隼人の家来からではないのか」

「…………」

「どうやら、図星《ずぼし》らしいな」

「何を頼まれたのだ？」

「知らねえ」

「何も頼まれちゃいねえ」

「いいか。これで、おまえはもう役目は果たせねえ。お払い箱だ」

「…………」

宮造は返す言葉がなかった。

「もういい」

卯三郎が言った。

「よし」

匕首を突き付けていた男が宮造から離れた。

「行け」

「なぜだ？」

宮造はきいた。

「俺を痛めつけて、ききだすんじゃないのか」

「その必要はない。わかりきったことだからだ。もう、二度と俺のあとをつけたりするな。でないと、かみさんの身にも災《わざわ》いがある」

「なんだって」

「田原町の『むらこし』で働いているようだな。名はおくみ。おまえは宮造」

「げっ」

宮造はのけ反《ぞ》りそうになった。

「どうして、それを？」

「おくみは、俺と会っていた男のことを朋輩《ほうばい》にききまわっていたらしい。そんなにおおっぴらにききまわっていれば、耳に入るってものだ」

「…………」

「宮造さん。悪いことは言わねえ。瀬戸家の人間とはこれ以上関わるな」

「…………」

宮造は声が出なかった。

「誰でえ」

いきなり、大柄な男が草むらのほうに向かった。

すると、かさかさ音がして猫の鳴き声が聞こえた。

「野良《のら》猫か」

大柄な男が呟《つぶや》く。

「さあ、行け。後ろを振り向かずにな」

卯三郎が強い口調で言う。

宮造は数歩後退《あとずさ》り、そして足の向きを変えて急ぎ足で歩きだした。

真崎稲荷の前の通りに出たところで、立ち止まった。このままどこぞに隠れて、もう一度卯三郎のあとをつけることも考えたが、すぐ無駄だと思い直した。

宮造はそのまま今戸のほうに急いだ。


翌朝、宮造は瀬戸家の屋敷に行き、門番に吉富紋之助への言伝《ことづ》てを頼み、先に大角寺に行った。

庫裏《くり》で待っていると、法師蟬《ほうしぜみ》がいっせいに鳴きだした。宮造は障子《しょうじ》を開け、濡縁《ぬれえん》に出た。寺の横の雑木林から聞こえてきた。

昨夜、『むらこし』から帰ってきたおくみを、なぜおおっぴらに卯三郎の相手のことをきいてまわったんだ、と責めた。おかげで、すべてこっちのことを知られてしまったと詰《なじ》った。

ごめんなさい。まさか、朋輩の女中の中に、あの男のお気に入りの女がいたなんて知らなかったのと、おくみは言い訳をした。

喧嘩《けんか》をしたまま、長屋を飛び出してきて、今になっておくみを責めたことを後悔した。

庫裏で半刻（一時間）近く待たされ、ようやく吉富紋之助がやって来た。

「宮造。何かあったのか」

紋之助が急の呼び出しを咎《とが》めるように言った。

「へえ。吉富さま、申し訳ありません。失敗しました」

宮造はいきなり平伏した。

「失敗？」

紋之助の顔色が変わった。

「昨日、橋場で尾行に失敗し、卯三郎に問い詰められました」

紋之助は冷たい目で睨《にら》み、

「白状したのか」

と、きいた。

「いえ、言いません。でも、卯三郎が瀬戸隼人さまの家来から頼まれたのではないかときいてきました」

「向こうが、殿《との》の名を出したのか」

「そうです」

「そうか」

紋之助が口許《くちもと》を微《かす》かに歪《ゆが》めたが、それは笑っているようにも思えた。

「もう、あっしはお役目を続けられなくなりました。これきりということで」

「仕方ない。いいだろう」

「それで……」

宮造はおそるおそる切り出した。

「出来ましたら、これまでの報酬をいただけないかと思いまして」

「報酬だと？」

「へえ。相手を突き止められなかったことは申し訳の余地はありませんが、あっしも命懸けで働いたわけですし……」

「………」

吉富の顔色が変わった。怒りだすかと思ったが、案に相違して、

「わかった。いいだろう」

と、答えた。

「ほんとうですかえ」

「これまで働いてもらったのだ。だが、全額というわけにはいかぬ。半分出そう」

成功した暁《あかつき》には十両の約束だった。

「五両ですかえ」

宮造は確かめる。

「不服か」

「いえ」

「よし。では、今夜、渡そう。暮六つ（午後六時）にここの山門に来い」

「へい。わかりました」

「待て」

紋之助の目がつり上がった。いきなり、刀を抜き、畳に刃を突き刺した。ぎゃあという猫の悲鳴が上がった。

紋之助は障子を開けた。床下から猫が飛び出して行った。

「野良猫か」

紋之助は苦笑した。

呆気《あっけ》にとられてみていたが、宮造はこの台詞《せりふ》をどこかで聞いたばかりだと思った。

　昨日の真崎稲荷の裏手だ。卯三郎に問い詰められたとき、いきなり、大柄な男が草むらに向かった。そのとき、猫の鳴き声がして、大柄な男は「野良猫か」と言ったのだ。

　いや、それぱかりではない。自分もまた、それ以前に、今戸橋で猫の鳴き声を聞いた。最近はそんなに猫が多いのか。

「宮造。では、今宵《こよい》暮六つだ。よいな」

「へい」

　宮造は大きく答えた。


　いったん、宮造は浅草三間町の長屋に帰り、夕方になって出直した。

　湯島の切通しから本郷に抜けた。陽は西の空に沈みかけていた。辺りは薄暗くなって、すれ違うひとの顔も近付かないとわからないくらいになってきた。ようやく、月が輝きを増しつつあった。

　さっき、長屋に帰ったとき、おくみは部屋の中で悄然《しょうぜん》としていた。

「おまえさん」

土間に入ると、おくみが飛び出してきた。

「だいじょうぶだった？」

「なにがだ？」

「私のせいで、おまえさんの立場が悪くなって……」

「気にすることはない。吉富さまが約束の半分はくれるそうだ」

「半分？」

「五両だ。それでも御の字だ。どうした？　五両じゃ、うれしくないのか」

「そうじゃないよ」

おくみは眉根《まゆね》を寄せて、

「ほんとうに、くれるのかえ」

と、きいた。

「なに、疑っているんだ？」

「だって、役目を果たせなかったのにお金をくれるなんて、ちょっと考えられないわ」

「卯三郎が瀬戸隼人の名を出したと告げたら、吉富さまはにやりとしたんだ。その言葉で、何かを摑んだみたいだった。だから、半分はくれることになったたんだ」

「そう、よかったね」

「今夜暮六つに、取りにいくことになっている」

「今夜だって？」

「そうだ。今夜だ」

「なんで、夜なのさ」

「金を用立てるにも時が必要だろう。心配するな」

宮造はそう言ったが、だんだん不安になってきた。確かに、おくみが言うように、役目に失敗した者に半額でも報酬を支払うだろうか。

紋之助はあれほど物分かりのよい人物だったろうか。だんだん不安が大きくなってきたが、大角寺が見えてきて、宮造は不安を吹き飛ばした。

博打で負けた借金が五両近くある。半額でももらえれば借金が返せる。

紋之助ははっきり口にしたのだ。偽《いつわ》りのはずはない。そう自分に言い聞かせ、大角寺の山門にやって来た。

まだ、紋之助は来ていない。宮造は山門の脇に立って待った。

暮六つの鐘が鳴りはじめた。まだ、紋之助は現われない。それから四半刻（三十分）経った。

どうしたのだろうと不安になったとき、山門に向かってやってくる中間《ちゅうげん》ふうの男がいた。その男は宮造の前に近付いてきた。

「宮造さんですかえ」

男がきいた。

「そうだが……」

「吉富さまがこの裏でお待ちです」

「裏？　俺はここで待てと言われているんだ」

「それが事情が出来て、寺の裏にまわってくれということです」

「………」

宮造は躊躇《ちゅうちょ》した。

「どうしましたえ？」

「事情とはなんだ？」

宮造はきいた。

「それは吉富さまからお聞きになってください。私はただ言われただけですから」

「吉富さまは金を持ってきたか」

「へえ。懐《ふところ》に大事そうにしまっているようです」

「よし、案内してくれ」

金の魅力には勝てなかった。妙だと思いつつ、宮造は男のあとに従った。

寺の脇の暗い道を奥に向かう。おかしいと、思った。

「こんなところで、ほんとうに待っているのか」

「ええ、なんでもひとに見られたくないそうです。ほれ、もうすぐ、そこです」

男は足早になった。宮造もつられた。

雑木林が切れた。その先は武家屋敷の塀《へい》だった。

「吉富さまはどこだ?」

宮造は男に声をかけた。

すると、樹の陰から人影が現われた。

「宮造。ここだ」

「あっ、吉富さま。なんで、こんな場所に呼びつけたんですかえ」

「ひとに見られたくないからだ」

「………」

宮造は息を呑《の》んだ。

「宮造。報酬をやろう。こっちに来い」

紋之助はそう言うや否や、鯉口《こいぐち》を切った。

「騙《だま》しやがったな」

宮造は後退り、

「役目に失敗した人間は不要ってわけか」

と、怒りをぶつける。

「そうではない。たとえ、うまくやっても同じこと。最初から、おまえには死んでもらうつもりだった。秘密を知った人間は邪魔だ」

「汚《きたね》え」

「あとのことは心配するな。おくみは俺が可愛《かわい》がってやる」

「てめえ、人間じゃねえ。鬼だ」

宮造は吐き捨てる。

「宮造。覚悟」

紋之助は腰を落とし、抜刀した。そのとき、木の長い枝が紋之助目掛けて空を飛んできた。紋之助は素早い剣捌《けんさば》きで枝を三つに切断した。

「何奴だ？」

紋之助は暗闇に向かって叫んだ。

やがて、ひとりの着流しの武士が現われた。木の枝葉の間から月の光がもれて武士の顔を照らした。

「青痣《あおあざ》与力」

宮造は思わず叫んでいた。

二

剣一郎は宮造をかばうように紋之助の前に立った。

「旗本瀬戸隼人さまのご家来、吉富紋之助どのでござるか」

「さよう。そなたは？」

「南町《みなみまち》与力、青柳剣一郎と申します」

「不浄《ふじよう》役人か」

紋之助は侮蔑《ぶべつ》するように言い、

「奉行所の人間が出る幕ではない」

「ひとが斬られようとしているのを黙って見過ごすわけにはいきません」

「宮造。おまえが告げたのか」

紋之助が問い質《ただ》した。

「違う。俺は知らねえ」

宮造があわてて打ち消すように言う。

「猫でござる。猫が教えてくれました」

剣一郎は平然と言う。

「猫？」

紋之助が怪訝《けげん》そうな顔をした。

剣一郎が太助から、宮造が吉富紋之助に呼ばれたことを聞いたのは昼過ぎのことだった。ゆうべ遅く、太助が八丁堀の屋敷にやって来て、橋場での宮造と卯三郎の顚末《てんまつ》を一部始終話した。

そして、きょうは大角寺の庫裏に忍び込み、宮造と紋之助の会話を盗み聞きしてきたという。床下に忍び込んだとき、野良猫がいたのでいっしょに話を聞いていた。紋之助に気づかれて床下まで刃を突き刺されたが、野良猫のおかげで見つからずに済んだということだった。

「それにしても、見事な居合《いあい》でござるな」

剣一郎は相手の腕を讃《たた》えた。

「………」

紋之助から返事がない。

「柳原の土手で殺された莨売りの男を斬ったのも居合の使い手とみている」

「なんのことか」

紋之助は口許を歪め、

「この男は以前、屋敷に中間として奉公していた者だ。やめる際、金を盗んで逃げた。よって、斬り捨てるところだ」

紋之助が蔑《さげす》むように言う。

「出鱈目《でたらめ》だ」

宮造が叫ぶ。

「吉富どの。この宮造は『錦屋』の卯三郎のあとをつけていました。あなたの命《めい》を受けていたのではありませんか。どうだ、宮造」

剣一郎は宮造に顔を向けた。

「そうです。卯三郎が会う相手を探るのがあっしの役目でした。会う相手は念仏の五郎という盗賊の頭《かしら》ではないかという吉富さまのお考えからのことでした」

「念仏の五郎か。なぜ、念仏の五郎を捜していたのだ?」

「宮造。作り話はよせ」

　紋之助が威《おど》すように言う。

「作り話なんかじゃねえ。三年半前、念仏の五郎は瀬戸さまのお屋敷に忍び込んで、三百両とさる大名家から預かった伽羅の原木を盗んだんだ。吉富さまはその原木を取り返したいんだ」

「宮造。作り話はよせと言ったはずだ」

「吉富さまから聞いたことだ」

「わしはそなたにそのような話をしたことはない。じつはな、わしは念仏の五郎に見せかけて三百両を盗んだのはそなたと疑っていたのだ」

「なんだと」

　宮造は思わぬ言いがかりに逆上した。

「なんってことを言いやがる。自分で、念仏の五郎が三百両と伽羅の原木を盗んだと言ったじゃねえか」

「そなたに念仏の五郎を捜させ、瀬戸家の屋敷に押し入ったかどうか確かめようとしたのだ。三百両を盗んだのはそなたと当時、女中だったおくみだ」

「な、なんてことを……」

宮造はわなないた。

「青柳どの。この男はわしが念仏の五郎と会えば、自分が三百両を盗んだことが明らかになるのでわざと卯三郎の尾行を失敗したように装ってきた。そのような姑息《こそく》なやり口をみても、もはや、この男が三百両を盗んだとみて間違いない。よって、ここで口を割らせようとしたのだ」

「宮造は否定しているが？」

「だから、ここで口を割らせようとしているのだ。これは我が屋敷の問題。どうぞお引き取りを願いたい」

「わかりました。ともかく、宮造は南町で預からせていただき、改めてお屋敷にお知らせに上がります」

紋之助は弁が立ち、才覚にも優れていると、剣一郎は思った。

「よしわかった」

紋之助は刀を鞘《さや》に納め、

「宮造」

と、声をかけた。

「当家としては、そなたとおくみが念仏の五郎を騙《かた》って三百両を盗んだと考えている。だが、素直に白状すれば、これ以上、問い詰めることはしない」

「冗談じゃねえ。とんだ言いがかりだ」

宮造は剣一郎にすがるように、

「青柳さま。こいつの言うことはみな嘘《うそ》っぱちです」

「宮造。旗本瀬戸家の家臣と女の稼《かせ》ぎで食っている男のどちらの話が信用出来るか、いうまでもなかろう」

紋之助は打ち捨てるように言い、剣一郎の前から去って行った。

「青柳さま。あの男はあっしを斬ろうとしていたんですぜ」

紋之助が暗がりに消えたあと、宮造が訴えた。

「わかっている。だが、あの男は一筋縄ではいかぬ。それに、瀬戸家が後ろにいる。ともかく、ここから引き上げだ。改めて、そなたから話を聞く」

「へい」

剣一郎は宮造を伴い、雑木林から出た。

いつの間にか、太助が剣一郎の横に並んでいた。

「あっ、おまえは……」

宮造が声を上げた。

「知っているのか」

剣一郎はきいた。

「へえ、いつぞや、大角寺の山門の前で野良猫をあやしていた男に似ています」

宮造が言うと、

「へい、その通りで」

と、太助は涼しい顔で答えた。

「この者はわしの手先となってくれている太助だ」

「………」

宮造は押し黙った。

「どうした？」

「ひょっとして、猫の鳴き声は？」

「へえ、あっしです」

太助が答えると、宮造は目を丸くしていた。

「宮造。心配ないと思うが、念のためだ。今夜は長屋に帰らぬほうがいい。どこか、身を寄せる場所はあるか」

「いえ」

「そうか。おくみといっしょのほうがいい。『むらこし』には頼めないか」

「おくみだけならともかく、あっしまでは無理だと思います。あっしだけなら大家さんのところに厄介《やっかい》になります」

「そうか。なら、わしから頼んでみよう」

剣一郎はそう言い、浅草三間町に急いだ。


翌日、佐久間町《さくまちょう》の大番屋に宮造を呼んだ。剣一郎は植村京之進とともに、改めて宮造からここまでにいたった事情をくわしく聞いた。

「ふた月ちょっと前の五月半《なか》ばごろ、吉富紋之助が長屋にやって来て、こう言ったんです。三年半前、念仏の五郎に三百両を奪われたが、それ以外にさる大名家から預かっていた伽羅の原木を盗まれた。その返却の期限がいよいよ来月に迫っているので、取り返したい。その手掛かりがみつかったと」

喉が渇《かわ》くのか、宮造は舌《した》なめずりをして続ける。

「神田白壁町の『錦屋』で売り出された『伽羅の香り』という鬢《びん》付け油が伽羅の

匂いがするといって評判だ。『錦屋』では、伽羅と同じ匂いを出せる方法を考え出したというが、ほんとうはほんものの伽羅を使っているのではないかと思えると言い、それを調べるために主人の卯三郎のあとをつけて念仏の五郎とのつながりを確かめてもらいたいと。あっしにはあくまでも伽羅の原木を取り返したいのだと言ってました」

「三年半前、念仏の五郎が瀬戸家に侵入したことに間違いないのか」

京之進が確かめる。

「へい。あっしも中間部屋にいましたが、床《とこ》の間の柱に念仏の五郎の千社札《せんじゃふだ》が貼ってあったと大騒ぎになったのを覚えています」

「きのうの吉富紋之助は、宮造がわざと念仏の五郎の千社札を貼ったのだと言っていた」

剣一郎が口をはさむ。

「出鱈目です。あっしはそんなことしちゃいません」

「あの者は狡知《こうち》に長《た》けている。あの場の言い逃れだとわかっている」

「へい」

「当時、伽羅の原木が盗まれたという噂《うわさ》はあったのか」

　剣一郎はさらにきく。

「いえ、ありません。伽羅の原木が、あのお屋敷にあったことさえ、知りませんでしたから」

　宮造は懸命に答える。

「吉富紋之助の狙いは、ほんとうに伽羅の原木を取り返すことだったのかどうか」

　京之進が疑問を口にすると、宮造も首を傾《かし》げ、

「わかりません。だって、『伽羅の香り』にほんとうの伽羅を使っていたら、原木は削られてしまっているんじゃありませんか。取り返せたとしても、小さくなったものしか返却出来ません」

「確かにそうだ。三年近く経っていれば、もう原木は多くは残っていないだろう」

　剣一郎も頷く。

「そういえば、『むらこし』で、卯三郎が会っていた男がいたそうだな。その男と親しいおくみの朋輩がいるとか」

　剣一郎は思いついてきいた。

「そうです。だから、あっしのことが卯三郎にわかってしまったんです。あっしは、その男が念仏の五郎かもしれないと思っています」

「おくみに調べてもらって欲しい」

「わかりやした」

宮造は胸を叩くように請け合ったあと、

「莨売りの男を斬ったのは、吉富紋之助でしょうか」

と、きいた。

「そなたは、『錦屋』を見張っていて、莨売りの男に気づいたか」

「気づきました。でも、不思議なんです。莨売りの男は日に何度か、『錦屋』の前をうろついていただけなんです」

「なるほど」

ふと、思いついて、剣一郎は訊《たず》ねる。

「そのことを、吉富紋之助に話したか」

「へえ。莨売りの男が斬られたのはその翌日です」

「そうか。吉富紋之助は居合の達人だ。莨売りの傷も、居合の傷のようだった。だが、なぜ、吉富紋之助が莨売りの男を斬らねばならなかったかはよくわからない」

「やっぱり、そうだったんですね」

　宮造は顔をしかめた。

　ひととおり話を聞き終え、

「宮造、ごくろうだった」

　と、剣一郎は声をかけた。

「あの」

　宮造はおそるおそる切り出した。

「あっしはどうなりましょうか」

「おまえはまだ何かをしでかしたわけではない。だが、これから手を貸してもらうこともあるかもしれぬ。そのつもりで」

　剣一郎は言う。

「へえ、ありがとうございます」

　宮造は頭を下げた。

「宮造。もう吉富紋之助がそなたを襲うことはないと思うが、念のために手下に長屋を見廻らせる」

京之進が安心させるように言った。

「助かります。じゃあ、あっしは」

宮造は会釈《えしゃく》して戸口に向かった。

「青柳さま、どうもわかりません。いったい、『錦屋』をめぐって何があるのか」

京之進が呻《うめ》くように言う。

「『伽羅の香り』が騒動の中心であることは間違いない」

剣一郎は言い切ったが、それがどう騒動に関わっているかはわからない。瀬戸隼人の屋敷から伽羅の原木が盗まれたことが事実だとしても、それを取り返すことは難しいはずだ。それなのに、なぜ吉富紋之助は念仏の五郎を捜そうとしているのか。

「念仏の五郎について何かわかったか」

「足を洗った元盗賊の伝《つて》をたぐって、念仏の五郎について調べていますが、今ひとつわかりません。なぜ、三年以上も沈黙しているのか。足を洗ったのではないかという者もいますし、江戸を離れていたのではないかという者もいます」

「卯三郎と念仏の五郎との関わりは?」

「それもわかりません。ひょっとして、卯三郎は念仏の五郎一味として小間物の行商をしながら盗みに入る家を物色していたのではないかとも考えたのですが、卯三郎がまわっていた家はせいぜい中ぐらいの店です。ところが、念仏の五郎が忍び込むのは大店か武家屋敷です。卯三郎と念仏の五郎とのつながりが見えてきません」

「そうか」

剣一郎は困惑した。何らかのつながりが見つからないとしても、吉富紋之助は卯三郎と念仏の五郎がつながっていると考えていたのだ。卯三郎と念仏の五郎、そして吉富紋之助は伽羅を介してつながっているのだ。

もしかしたら騒動の上っ面だけしか見ていないのかもしれない、と剣一郎はふと思った。

三

剣一郎が奉行所に戻ると、宇野清左衛門に呼ばれた。

年番方与力部屋に行くと、清左衛門はすぐ立ち上がって別間に向かった。いつもしかめっ面で不機嫌そうな顔をしているので判断はつかないが、長年親しく接してきた剣一郎には今の清左衛門の心が晴れやかなことに気づいていた。

「青柳どの。いくつかわかった」

清左衛門はさっそく切り出した。

「まず、瀬戸隼人どのだが、奥方もともに、香道は嗜《たしな》む程度だそうだ。嗜まれるだけで、それほど香りに執着はしていないという」

「そうですか、ありませんか。で、瀬戸家に伽羅の原木があったという話は？」

「もちろん、ない」

清左衛門は否定した。

やはり、瀬戸家には伽羅の原木などなかったのだろう。だとしたら、なぜ吉富は、宮造に『錦屋』の卯三郎を付け狙わせたのか。

「それから、香道に熱心な大名家についてもわかった。益美《ますみ》藩小野壱岐守《おのいきのかみ》さまだ。西国の十万石の大名だ。本人はさほどでもないが、奥方が香道に熱心だそうだ。奥方は京の公家《くげ》につらなる家の出だという」

「益美藩小野壱岐守さまですか」

「そうだ。話はこれからだ。奥方は、伽羅の原木を持っていたそうだ。その原木は『鬼涙《きるい》』と銘《な》がつけられていた。以前は、屋敷に伽羅の香りが漂っていたが、この五年ほど、伽羅の香りは消えているということだ」

「五年ほど？」

「うむ。五年前、奥方が異常なほど取り乱されたことがあったそうだ」

清左衛門は膝《ひざ》を進め、

「『鬼涙』は盗まれたのだ」

と、声をひそめて言った。

「盗まれた？　そのことは公《おおやけ》には？」

「いや。体面を考えて、盗賊に忍び込まれたことを隠していたようだ。盗まれたのは『鬼涙』だけだったからでもあろう」

清左衛門は顔をしかめた。

「ひょっとして、『錦屋』の『伽羅の香り』はその『鬼涙』を使っているのでは？　いや、小野家ではそれを疑い、『錦屋』を探らせた。それが、莨売りの男ではありませんか」

「十分に考えられる。ただ、妙なのは、家臣が殺されたというのに、小野家が動きださないことだ。それより、自分のところから盗まれたと疑うなら、正面から堂々と『錦屋』に乗り込んで確かめればいい。自信がなかったからといえば、それまでだが……」

「小野家に問い合わせても、正直に答えないでしょうね」

「おそらく、知らぬと答えるはずだ。正直に答えるくらいなら、とっくに莨売りの男の身許《みもと》はわかっているはずだ」

「はい」

剣一郎はため息混じりに答え、

「一方、吉富紋之助は宮造から話を聞いた翌日に莨売りの男を斬り捨てました。小野家の者と知ってか知らずか」

と、疑問を口にした。

「『伽羅の香り』をめぐって、瀬戸家と小野家が鎬《しのぎ》を削っているのか」

ことの発端《ほったん》は柳原の土手で莨売りの男が殺されたことだ。この男が『錦屋』の様子を窺《うかが》っていたことから『錦屋』に探索の目が向いたが、莨売りの男を斬ったのは吉富紋之助と思われる。

この吉富紋之助に頼まれて、念仏の五郎との関わりを探るために卯三郎を尾行していたのが宮造だ。

こう考えると、卯三郎は何もしていない。ただ、周囲が勝手に蠢《うごめ》いているだけだ。それでも、騒動の中心に卯三郎はいる。

「すべての謎は卯三郎が握っているようです。これから卯三郎と対峙《たいじ》してみます」

剣一郎はそう言い、卯三郎にもっと食い込んでみると清左衛門に言った。

「うむ。そうするしかあるまい。頼んだぞ」

「はっ」

剣一郎が挨拶をし立ち上がろうとしたとき、

「青柳どの」

と、清左衛門が口調を変えた。

「文七は高四郎どのの見舞いに行かれたのか」

清左衛門には文七のことは何でも話していた。文七の先の暮らしのことについての相談もしていた。

「はい。多恵といっしょに湯浅家の敷居をはじめて跨《また》ぎました」

「そうか。で、高四郎どのは文七に何を話したのか。腹違いとはいえ、兄弟の初対面だからな」

「それが……」

「どうかしたのか」

「高四郎は文七とふたりきりで話がしたいと、多恵にも座をはずさせたそうです」

「そうか。男同士の話があったのか。して、話の内容を文七は何と？」

「文七は言おうとしません」

「言わない？」

「はい。多恵がきいても、青ざめた顔で口を閉ざしていたようです。私も文七にききましたが、今は喋《しゃべ》れないと言うだけでした」

「高四郎どのはどうなのだ？」

「高四郎もまだ話せないと言っていたようです」

「いったい、どんな話し合いがあったのか」

清左衛門が首を傾げた。

「時を待つしかありません」

剣一郎にはひょっとしたらという想像もあるが、はっきりとしているわけではない。迂闊《うかつ》に話せるものではなく、剣一郎は多恵にも自分の考えは告げていない。

「気になるが、仕方ないことだ」

「はい」

「引き止めてすまなかった」

剣一郎は辞儀をして、立ち上がった。


奉行所を出て、剣一郎は神田白壁町の『錦屋』に卯三郎を訪ねた。

いつもの客間に通され、待つほどのこともなく、卯三郎がやってきた。

「たびたび押しかけてすまない」

剣一郎は詫びた。

「いえ。今日はどういたしまして」

卯三郎は余裕の笑みを浮かべた。

「じつは今日きたのは、そなたのことについてききたくてな」

「私のことですか」

「うむ。そなたは若い頃は小間物の行商をしていたそうだが、どんなところを回っていたのだな」

「私の主なお客さんは、商家の女中さん以外は後家さんかお妾《めかけ》さんでした。小禄のお侍さまの屋敷にも顔を出しました」

　卯三郎は素直に答える。

「大店は？」

「いえ、私はもっぱら小商いのお店のほうを大事にしていました。大店ですと、どうしても女中さんも少し横柄なところがあります。その点、小商いのお店は同等に接してくれますからね」

「なるほど」

　念仏の五郎の手先として忍び込む店を物色する役目を負っていたのではないか。その疑いを逸らすための偽《いつわ》りかもしれない。

「ところで、宮造という男を知っているな」

「はい」

「どういう間柄だ？」

「私のあとをつけていた男です」

「そうらしいな。先日、尾行に失敗して、そなたの仲間に捕まったと言っていたが？」

「まさか……」

卯三郎は間を置き、

「あの男が青柳さまに泣きつくとは思いませんでした」

「そうではない。たまたま、宮造が瀬戸家の吉富紋之助という男といざこざを起こしたときに割って入ったのだ」

「…………」

「宮造の話だと、そなたは舟を乗り継ぎ、深川経由で橋場に行っているそうだが、なぜそれほど用心をして橋場に行くのだ？」

「いろいろ事情がございまして」

「その事情を聞かせてくれぬか」

「お聞かせするような話ではありません」

卯三郎はやんわり言う。

「では、橋場には何をしに行っているのだ？」

「それは……」

卯三郎は当惑したように、

「私事《わたくしごと》でございます」

「しかし、舟を乗り継ぎ、深川経由で行くというのはふつうではない。よほど、秘密を要する相手と会っているのではないかと推察される。だから、宮造はますます相手を知りたいという気持ちになったのであろう。どうだ、話してくれぬか」

「困りました」

卯三郎は頭に手をやったあとで、

「よございましょう。じつは、橋場に女がいます」

「女？」

「はい」

「妾か」

「そうです。妾宅《しょうたく》があります」

「妾に会いに行くのにそんな用心をするのか」

「はい。いろいろありまして」

「いつからだ？」

「三年になります」

「三年？　そなたは半年前に鉄平の女房を自分のものにしたのではなかったか」

「はい。ですが、私の本命は橋場の女です」

「妙な話だ。本命の女を妾宅においておくのか」

「事情がございまして」

「また事情か」

「申し訳ありません」

「それにしても、本命の女がいるのに、どうしておいとに手を出したのだ？」

「あまりにいい女でしたので、つい手に入れたくなりました。ですが、お腹が大きくなるにつれ、私の気持ちも変わって……」

「気持ちが変わった？」

「はい。何と申しましょうか、ひと言でいえば、あの女に飽《あ》いてきました」

「なんと、飽いてきた？」

「はい。身籠もった子も私の子かどうかもわかりません。そう思うと、あの女がおぞましいものに思えてきました」

「卯三郎。なんと卑劣《ひれつ》な」

「青柳さま。私は自分の気持ちに正直に生きることにしています。確かに半年前はおいとに夢中になりましたが、お腹の大きな女に気持ちは惹《ひ》かれません」

「おいとをどうするつもりだ？」

「気持ちの離れた女を追い出すつもりか」

「いえ、そんなことはしません。大金を叩《はた》いて手に入れた女ですから。店番でこきつかいますよ」

「そなたという男は……」

剣一郎は呆《あき》れ返った。

「青柳さま。私は欲しいものは手に入れたい。そういう生き方をしてきました。これからも、この気持ちは変わりありません」

「たとえ、相手が不幸になってもか」

「私は代償を払っています。おいとを手に入れるために、私は鉄平の借金を肩代わりしたのです。私はひとを不幸にしたとは思っていません」

「そなたなりの理屈だな」

忌《い》ま忌ましく思ったが、卯三郎はご法度《はっと》を犯しているわけではない。剣一郎には何も出来なかった。

「ところで」

剣一郎は話題を変えた。

「そなたは、宮造に瀬戸隼人から頼まれたのかときいたそうだな」

「はい」

「なぜ、瀬戸隼人の名が出たのだ？　そなたは瀬戸家のことを知らないと言っていたはずだが？」

「私のことを探っているのが宮造とおくみだとわかって、ふたりのことを調べたのです。そしたら、ふたりとも旗本の瀬戸家に奉公していたとわかりました。青柳さまから瀬戸家のことをきかれたとき、瀬戸家は伽羅について興味をお持ちの御家なのだと思い、宮造を使って私を調べているのだと思いました」

「ほんとうは瀬戸家のことを前々から知っていたのではないか」

「いえ、知りません。でも、今は『伽羅の香り』に強い関心を示されていると思っています」

「では、瀬戸家に抗議をするか」

「いえ、宮造はもう何もできないでしょうから」

剣一郎はいきなり話を変えた。

「『伽羅の香り』はほんとうはどうなのだ？」

「どうとは？」

卯三郎が微笑《ほほえ》みながらきく。

「ほんとうは伽羅の原木から香りをとっているのではないか」

「いえ、そうではありません。第一、伽羅の原木など私どもでは手に入りません」

「『鬼涙』という伽羅の原木を知っているか」

「…………」

卯三郎の返答まで間があった。

「知っているのか」

「知っています。血の香木《こうぼく》と呼ばれているものです」

「血の香木？」

「はい。なぜ、そう呼ばれているのかわかりませんが、私はそう聞いています。いわゆる、ひとを不幸にする香木です」

「で、その『鬼涙』が今、どこにあるか知っているか」

「どこぞの大名家にあると聞いています」

「大名家の名は？」

「知りません」

「西国の十万石の大名である益美藩小野壱岐守さまの屋敷に五年ほど前まであったそうだ。小野家のことは知っているか」

「いえ」

卯三郎は首を横に振った。

「柳原の土手で斬られた莨売りの男はどこぞの大名家の人間と思われる。どこの大名かわからぬか」

「いえ、まったく」

「小野家の人間とは思えぬか」

「さあ、私にはわかりません」

「最後に、もうひとつききたい」

剣一郎は口にした。

「なんでしょうか」

卯三郎は一瞬警戒ぎみになった。

「田原町の『むらこし』で会っていた男は誰だ?」

「『むらこし』ですか」

卯三郎はにやりとし、

「花川戸で骨董《こっとう》屋をやっている平兵衛《へいべえ》さんです」

と、答えた。

「屋号は？」

「『高貴堂《こうきどう》』です」

「『高貴堂』の平兵衛だな。わかった。長居をした」

「いえ」

卯三郎は手を叩いた。

すぐ、おいとがやって来た。

「青柳さまがお帰りだ」

「はい」

おいとは廊下に腰をおろしたまま、

「どうぞ」

と、剣一郎に声をかけた。

戸口まで見送ってきたおいとに、剣一郎は声をかけた。

「卯三郎はときたま橋場に行っているようだが、行き先を知っているのか」

「……はい」

答えまで一拍の間があった。

「どこだ？」

「女のひとがいらっしゃるようです」

「知っていたのか。で、なんともないのか」

「はい」

「…………」

諦《あきら》めているのか、おいとの表情に変化はなかった。が、剣一郎が土間を出ようとしたとき、おいとが呼び止めた。

「青柳さま」

おいとは声をひそめ、

「鉄平さんに言づけを」

と、哀願するような目を向けた。

「うむ。わかった。なんだ？」

「きっと元気な子どもを産みますと」

「元気な子を産むとな」

「はい」

「やはり、お腹の子は……」

「失礼します」

おいとは奥に引き返して行った。

間違いない。お腹の子は鉄平の子なのだ。剣一郎は複雑な思いで、おいとの心持ちを考えていた。

四

剣一郎は『錦屋』を出て、豊島町の普請場《ふしんば》に向かっていると、どこからともなく太助が現われた。

「どこからでも現われるな」

剣一郎は呆れて言う。

「へえ。青柳さまの匂いがわかりますんで」

「太助はほんとうは猫の生まれ変わりか」

「そうかもしれません」

太助は真顔で答えた。

「何か命じてください。卯三郎をつけますか」

「卯三郎は橋場に女がいるそうだ。妾宅があると言っていた。捜してみてくれ」

「合点《がってん》です」

太助は勇んで走って行った。

苦笑しながら太助を見送り、剣一郎は普請場にやってきた。

普請場は家の骨組みが出来ていた。棟梁《とうりよう》の源吉に声をかけた。

「これは青柳さま」

源吉が振り向いて頭を下げた。

「その後、鉄平はどうだ?」

「へえ。もう心配はいりませんぜ。すっかり立ち直ってくれました。これで、見合いを引き受けてくれれば御の字なんですが」

「すまぬ。すぐ済む。鉄平を呼んでもらえぬか」

「へい」

源吉は数歩現場に近付き、

「鉄平」

と、声をかけた。

床板を張っていた大工のひとりが顔を上げた。鉄平だった。鉄平は剣一郎に気づくと、すぐ立ち上がり、鉢巻きをはずして近付いてきた。

剣一郎に会釈をし、源吉に顔を向けた。

「鉄平。青柳さまがお話があるそうだ」

源吉が言うと、鉄平は不安そうな顔になった。

「心配ない。おいとからの言伝てを持ってきた」

「おいとから」

鉄平の目が輝いた。

「きっと元気な子どもを産みますということだ」

「元気な子……」

鉄平は眉根を寄せた。

「青柳さま。なんで、おいとはそんなことを鉄平に？」

源吉が不思議そうにきく。

「やっぱり、俺の子なんだ」

鉄平が声を震わせた。

「鉄平。気を確かに持て。仮におめえの子であっても、おいとはもう『錦屋』の人間だ」

　源吉がたしなめる。

「わかってます」

「おめえに出来ることは、子どもに恥ずかしくない男になることだ」

「へい」

「鉄平、もしもだが」

　剣一郎はおもむろに口を開いた。

「おいとがもし『錦屋』を出たら、迎えてやる気持ちはあるか」

「青柳さま。あっしはそんな夢みてえな話は考えないことにしています。おいとはひとのかみさんになった女です。戻ってくることはありえません。あっしは、立派な大工になって、子どもが自慢出来るような男になるだけです」

「そうか。いい心がけだ」

　剣一郎は痛ましげに言ったあとで、

「鉄平。おいとのことはわしに任せてくれぬか」

　と、確かめる。

「何だかわかりませんが、青柳さまにならなんでもお任せいたします」

「よく言ってくれた。鉄平、もうよいぞ。仕事に戻れ」

「へい」

鉄平は源吉と剣一郎に頭を下げて作業場に戻って行った。

「青柳さま、おいとに何か」

源吉がきいた。

「なぜ、おいとが鉄平にあのようなことを伝えたかったのか。そのことを伝えるおいとの表情に翳《かげ》りはなかった。わしはそこに何かがあるような気がしている」

「なんでしょうか」

「わからぬ。だが、何かある。そこに賭《か》けてみようと思うのだ」

ふと、剣一郎は自分が何かに導かれているような不思議な感覚にとらわれた。それは何もおいとのことだけではない。

今回の騒動そのものが剣一郎を引き寄せている。そんな気がしていた。

豊島町の普請場を出て新シ橋を渡り、向柳原から三味線堀に向かう。その手前に、益美藩小野壱岐守の上屋敷があった。

壱岐守の奥方は京の公家につらなる家の出で、香道に熱心で、『鬼涙』と銘がつけられた伽羅の原木を持っていた。だが、それは五年前に紛失したらしい。『錦屋』で売り出された『伽羅の香り』にこの『鬼涙』が使われたのではないか。少なくとも、小野家ではそう思い、家来を莨売りの姿にして探索に当たらせた。

また、瀬戸隼人のほうも同じことを考え、吉富紋之助が宮造を使って調べさせた。剣一郎はそう考えた。

小野家の上屋敷の前に差しかかった。長屋門の両側に番所がある。莨売りのことを訊ねても正直に答えるとは思えない。しらを切るはずだ。五年前、紛失したとき、おそらく盗まれたのであろうが、そのときも体面を考えて盗まれたことを隠していたようだ。

盗んだのは念仏の五郎であろう。果たして『伽羅の香り』にこの『鬼涙』が使われているかどうか。真実を知っているのは卯三郎だけだ。

剣一郎は小野家の前を素通りし、新堀川を渡って浅草三間町にやってきた。

長屋木戸を入り、宮造の住まいに行く。

腰高障子《こしだか》を開けると、部屋では宮造が悄然としていた。

「あっ、青柳さま」

宮造が居住まいを正した。

「どうした？　何かあったのか」

「へえ。おくみが観音様にお参りに行ったきり、まだ帰ってこないんです」

「帰ってこない？」

「半日経ちます。あっしも浅草寺《せんそうじ》まで行ってみたんですが、手掛かりはありません。もしや、吉富紋之助が逆恨《さかうら》みで……」

「植村京之進の手の者が見張りを続けていたのではないのか」

「観音様までついて行ってくれましたが、途中ではぐれたと言ってました。今、捜してくれています」

宮造は心配顔で言う。

「卯三郎が『むらこし』で会っていた男はわかったのか」

「いえ。ただ、平兵衛という名だけはわかりました」

「やはり、そうか。平兵衛は、花川戸にある『高貴堂』という骨董屋の主人だそうだ」

卯三郎の話と合致した。

「一度、おくみは観音様のお参りの帰りに平兵衛を見かけ、あとをつけたことがありました。そんときは花川戸で見失ったってことでした。まさか、平兵衛のところに？」

「よし。平兵衛のところに行ってみよう」

「あっしも」

「そなたはここで待て。おくみが帰ってくるやもしれぬ」

「へい」

剣一郎は長屋を出た。

浅草花川戸に行くと、『高貴堂』と屋号が書かれた看板が目についた。深編笠《ふかあみがさ》をはずして薄暗い店に入る。正面に鎧《よろい》が飾ってある。その並びにある帳場格子《ちょうばごうし》の前で番頭らしい男が店番をしていた。

「平兵衛はいるか」

剣一郎は声をかけた。

「あなたさまは……。はい、ただいま」

男は剣一郎に気づき、あわてて立ち上がって奥に行った。

すぐ、恰幅《かっぷく》のいい五十絡みの男が出てきた。

「平兵衛です」

平兵衛は帳場格子の前に出てきて板の間に座った。

「南町の青柳剣一郎だ。少し、ききたいことがある」

「なんでございましょうか」

平兵衛は落ち着いている。

「先日、田原町の『むらこし』で、『錦屋』の卯三郎と会ったそうだが。まことか」

「はい。お会いしました」

「よく会うのか」

「ときたまでございます。面白《おもしろ》いものが手に入ったら知らせろと言われています。そういうときにお会いするだけです」

「骨董品のことか」

「はい。卯三郎さんはそのときの気分で欲しいものが変わるので気をつかいますが」

平兵衛は苦笑した。

「何か買い求めたものはあるのか」

「多くはありません。どうやら、あのひとは誰でも金で手に入るようなものは欲しがらず、他人が大事にしているものを欲しがる性癖《せいへき》がございます」

「そのようだな」

「はい。ですから、ほんとうにその品物が欲しいわけではないので、そのうちに飽きてしまいます」

「飽きた品物はここが引き取るのか」

「はい。そういうこともあります」

「最近、卯三郎と会ったのは何度だ？」

「一度だけです」

「そうか」

やはり、卯三郎は妾のところに行っているようだ。

「卯三郎は橋場に頻繁《ひんぱん》に行っているが、なぜかわかるか」

「女でございましょう」

「どんな女かわかるか」

「他人の妾だった女じゃないんですか」

平兵衛は苦笑したが、剣一郎はおいとの顔が過《よぎ》り、複雑な気持ちだった。

「ところで、念仏の五郎という盗賊を知っているか」

「はい」

「なに、知っているのか」

「はい。以前はときたま念仏の五郎の子分が盗んだものをうちに持ち込んできました。いえ、最初は盗品などとは知りませんでした」

念仏の五郎は金以外でも骨董品や刀剣、掛け軸など値打ちのあるものは盗んでいったらしい。

「ところが、三年ほど前からぱったりこなくなったんです。どうしたのかと思っていたところ、浅草奥山《おくやま》で偶然子分の男とばったり会いました。そのとき、じつはうちの旦那《だんな》は堅気《かたぎ》になった。もう引退したというので、もしや念仏の五郎ではと訊《き》くと、そうだと答えたんです」

「そもそも念仏の五郎が引退というのは誰からきいたのだ?」

「うちに来るお客さんが以前そう噂していました」

「ほんとうは、念仏の五郎の行方を知っているのではないだろうな」

「とんでもない。私は一介の骨董屋です」

「盗品を専門に捌いているのではないのか」

「違います。確かに昔は盗品を扱ったこともございますが、今は取り締まりも厳しくなって、取扱いは難しくなりました」

　平兵衛は懸命に弁明した。

「伽羅の原木が持ち込まれたことはないか。はっきり言えば、『鬼涙』と名づけられた伽羅だ」

「そのようなものはうちにはきません」

「まあいいだろう」

　剣一郎は最後にきいた。

「『むらこし』におくみという女中がいる。知っているか」

「さあ、名前までは知りません」

「宮造という男のかみさんだ」

「宮造なんて知りません」

　平兵衛は嘘をついているようには思えなかった。

「すまなかった。邪魔した」

「いえ」

　剣一郎は外に出た。

　三間町の宮造の長屋に戻ろうとして歩きはじめたとき、足音もなく気配だけが近寄ってきた。

「太助か。ほんとうに鼻がきくな」

剣一郎は呆れてきいた。

「いえ、偶然です。橋場から戻ってきたら、青柳さまの姿が見えたので飛んできました」

「何かわかったか」

「それらしい妾宅を二軒に絞ってきました。ひとりは二十三、四歳の芸者上がりらしい女です。もうひとりも同じぐらいの年恰好の女です。ただ、こっちは病気の父親を抱えているというので違うかもしれません」

「よくやった」

「これから行きますかえ」

「いや。宮造のかみさんのおくみが朝、観音様のお参りに行ったきり帰ってこないのだ。どうなったか、気になる」

剣一郎は三間町に急いだ。

長屋木戸をくぐり、宮造の住まいに行くと、京之進がいた。

「青柳さま」

京之進が厳しい顔を向けた。

「宮造は？」

剣一郎はきいた。

「ちょっと前にやってきたんですが、誰もいませんでした」

「ここにいろと言っておいたのだが」

剣一郎は舌打ちした。

「旦那、長屋木戸の外に出たところにある八百屋《やおや》のかみさんです」

京之進の手先が小肥《こぶと》りの女を連れてきた。

「話してみな」

「はい。中間ふうの男がふたり、宮造さんを駕籠《かご》に乗せました。宮造さんは、おくみは大丈夫なのかと青ざめた顔できいていました」

かみさんは興奮しながら話した。

「男の顔に見覚えは？」

京之進がきいた。

「ありません」

「駕籠はどっちへ行った？」

「新堀川のほうです」

「吉富紋之助でしょうか」

京之進が忌ま忌ましげに言う。

「うむ」

剣一郎は八百屋のかみさんにきいた。

「周辺に、誰かいなかったか。駕籠をつけていく人間は見当たらなかったか」

「そういえば、饅頭笠《まんじゆうがさ》に裁《た》っ着《つ》け袴《ばかま》のお侍が駕籠のあとをついて行きました」

「饅頭笠に裁っ着け袴といえば……」

『錦屋』の用心棒の桂木嘉門と向井久兵衛も饅頭笠に裁っ着け袴の侍に襲われたのだ。有無を言わさず斬りかかってきて、莨売りの男を斬ったのはおぬしかときいたという。

「吉富紋之助ではない。莨売りの男の仲間だ」

「莨売りの男の……」

京之進は呟いてから、かみさんに向かい、

「もうよい。ごくろうだった」

と、労《ねぎら》った。

かみさんが去ってから、改めて京之進がきいた。

「ひょっとして、小野家……」

「そうだ。宮造から何かをききだそうとしているのだ」

「どうしましょうか。小野家の上屋敷に掛け合いにいきましょうか」

　京之進が気負って言う。

「上屋敷に連れ込んだわけではあるまい。連れて行かれたのは別な場所だ。このあたりに廃屋があるか」

「あっ」

　太助が叫んだ。

「入谷田圃《いりやたんぼ》に廃屋になった百姓家があります。捜していた猫がそこに住みついていました」

「入谷田圃か。よし、無駄でもそこに行ってみる。京之進たちはその駕籠かきを探して行き先を確かめてくれ」

「わかりました」

「では、わしは百姓家に行ってみる。太助、案内せよ」

「はい」

剣一郎は太助の案内で新堀川沿いを北に向かい、寺町を抜けて入谷田圃に出た。西陽が差していたが、陽は沈み、辺りはだんだん暗くなってきた。

「あそこです」

ぽつんと百姓家が見えてきた。

そこに近付いたとき、いきなり戸が開き、饅頭笠の侍が出てきた。その後ろに、中間ふうの男がふたりいた。

「宮造とおくみはおりますか」

剣一郎は問いかける。

「そなたは……」

饅頭笠の侍が言いさした。

「南町奉行所与力青柳剣一郎と申します」

「心配ない。中にいる」

饅頭笠の侍が脇をすり抜けた。

「お待ちください」

剣一郎は呼び止めた。

「何か」

「ご尊名をお伺いしたい」

「名乗るほどの者ではない」

「おしてお願いいたす。ご尊名を」

「断る」

「ならば、どこのご家中かだけでも」

「答える必要はない」

「そうはいきません。女を連れ去り、亭主をおびき出して閉じ込めた罪は軽くありません。少し、お話を伺わせてもらわねばなりません」

「ならば、ふたりにきいてみろ」

饅頭笠の侍は含み笑いをした。

剣一郎はまさかと思った。

そのとき、宮造とおくみが百姓家から出てきた。

「青柳さま。お騒がせして申し訳ございません。じつは、おくみが観音様で具合が悪くなって、そのお侍さまに助けていただいたんです。あっしは知らせを聞いて、ここまで迎えに来たってわけです」

宮造は目を逸らしながら言う。

剣一郎はとっさに何があったのかを悟った。金で取り込まれたのに違いない。吉富紋之助から手に入るはずだった十両を代わりに手にしたのであろうか。

「宮造。そなた、金に負けたな」

「いえ、そんなんじゃ……」

「青柳どの。わかったか。では、失礼する」

饅頭笠の侍は背中を見せ、去って行こうとした。

「ひょっとして、小野壱岐守さまのご家中では？」

饅頭笠の侍の足が止まった。

「先日、柳原の土手で殺された莨売りの格好をした男も小野家のお方では？」

「なんのことかわからぬ」

そう言い、饅頭笠の侍はそのまま足早に去って行った。

「宮造、何を話した？」

「何も話しちゃいません」

そこに、京之進が駆けつけてきた。

「今、饅頭笠の侍とすれ違いました」

剣一郎に告げてから、京之進が宮造に声をかけた。

「宮造、無事だったか」

だが、宮造とおくみは押し黙っていた。京之進は異変を感じ取ったように、剣一郎に顔を向けた。

剣一郎は厳しい顔で頷いた。重苦しい雰囲気が漂っていた。

五

翌日の昼間、剣一郎は太助の案内で橋場にやってきた。

近くに浅茅《あさぢ》ヶ原《はら》の荒野が広がっていて、背後に鏡《かがみ》ヶ池《いけ》が見える場所に、黒板塀の瀟洒《しょうしゃ》な家があった。

二軒に絞った妾宅のひとつだ。住んでいるのは病気の父親を抱えている女だという。剣一郎は卯三郎の相手はこの女のような気がした。

今、寄ってきた酒屋の亭主の話では、通ってくる男を何度か垣間見たことがあるそうで、卯三郎に年恰好が似ているという。その酒屋はよく酒の注文があるらしく、台所に出入りをしていた。

卯三郎は欲しいものを手に入れないと気が済まない人間だ。欲しくなるのは他人のもの。すんなり手に入るものには執着がないようだ。手に入れるのに困難なものほど、欲求が強まる。

それに、病気の父親というが、ほんとうにそうなのかわからない。本人が酒屋に話していただけだ。

「じゃあ、訪ねます」

太助は格子戸に手をかけた。

「ごめんくださいまし」

太助は奥に呼びかける。

「はい」

という声と共に、年増《としま》の女が現われた。どこか寂しそうな雰囲気の女だった。

「つかぬことをお伺いいたしますが、こちらは『錦屋』の卯三郎さんと関わりがおありでしょうか」

「はい」

「さようで。では、ときたま卯三郎さんはいらっしゃるのですね」

「はい……何か」

「わしは南町奉行所の青柳剣一郎と申す。不躾《ぶしつけ》なことを訊ねるが、そなたは卯三郎の世話を受けているのか」

「はい」

　剣一郎がきいた。

　答えまで、一拍の間があった。

「そなたの名は？」

「おきちでございます」

「病人がいるようだが？」

「はい。私の父親です」

「父親ともども、卯三郎の世話になっているのか」

「はい。そうです」

「いつからだ？」

「三年ほどになります」

「三年というと、卯三郎が『錦屋』をはじめたころからか」

「はい。そうです」

「父親の加減はどうなのだな？」

「今は落ち着いて過ごしています」

「卯三郎はそなただけでなく、どうして父親の面倒までみるようになったのか」

剣一郎はなおもきく。

「私の頼みを聞いてくれたのです。老い先短い身でしたので」

奥に聞こえないように、女は声を潜《ひそ》めて言う。

「そうか……」

ふと、剣一郎は高四郎のことを思い出した。

「今は、あとひと月持つかどうかとお医者さんに言われました」

「そうか」

「あのう」

おきちが不安そうにきいた。

「卯三郎さんに何か」

「『錦屋』で売り出している『伽羅の香り』という鬢付け油のことで、不審な連中が卯三郎のことを調べているのだ。それで、卯三郎の立ち寄り先で話を聞いているのだ」

「………」

おきちは息を呑んだ。

「そなたは『伽羅の香り』を使っているのか」

「いえ、使っていません」

「卯三郎はくれぬのか」

「一度、頂きましたが、香りが私好みではありませんでした」

意外な気がして、

「『鬼涙』という伽羅の原木のことを聞いたことはないか」

と、剣一郎はきいた。

「いえ、ありません」

即座に返事があった。

「卯三郎から聞いたことは？」

「いいえ」

剣一郎は迷ったが、口にした。

「念仏の五郎という名を聞いたことは？」

「ありません」

またも、おきちは即座に答えた。

剣一郎はなんとなく引っかかった。

「あの、もうよろしいでしょうか。父のそばにいてやりたいのです」

「最後にひとつ」

剣一郎はきいた。

「卯三郎とはどこで知り合ったのだ？」

「昔、同じ長屋に住んでいました」

「同じ長屋？　どこだ？」

剣一郎は意外に思った。

「深川の冬木町《ふゆきちょう》です」

「長屋の名は？」

「…………」

「どうした？」

「いえ。伊兵衛店《いへえだな》です」

「何年まえのことだ？」

「十年ぐらい前です」

「わかった。いろいろきいてすまなかった」

剣一郎は礼を言っておきちの家を出た。

「太助。これから冬木町に行く」

「えっ？　冬木町って、卯三郎とおきちが住んでいた長屋にですかえ」

「そうだ」

「でも、十年前のことですぜ。そうか、ほんとうかどうか確かめるんですね」

「うむ。おそらくほんとうだろう」

おきちが調べればすぐわかるような嘘をつくはずはない、と剣一郎は思った。だから、調べるのはそのことではなかった。

それから一刻（二時間）後、剣一郎と太助は仙台堀沿いを急いで冬木町にやってきた。

自身番に寄って、伊兵衛店の場所を聞き、長屋に向かった。

八百屋と下駄屋の間に伊兵衛店の木戸があり、右手の下駄屋が大家の住まいだった。

剣一郎は店先に立った。

「これは青柳さまで」

店番をしていた大家が立ち上がった。

「そのままでよい」

そう言い、剣一郎は土間に入った。

「はい」

ずんぐりむっくりした大家は再び腰を下ろした。

「何か、店子《たなこ》のことで？」

大家は不安そうにきいた。

「うむ。十年前のことだ」

「十年前ですか。残念ながら、私は大家になって八年目です」

「十年以上住んでいる店子と引き合わせてもらいたい」

「それなら、亀爺《かめじい》がいます」

「亀爺とな」

「亀吉《かめきち》爺さんです。どうぞ、木戸をお入りください」

大家は奥に向かって、店番を頼むと言い、履物を履いて出てきた。

木戸を入り、大家はとば口の家の腰高障子を開けた。

「亀爺、いるかえ」

「大家さんかえ、なんだね」

亀吉は横になっていたようだ。

「青柳さまがおききしたいことがあるそうだ」

「青痣与力だって」

亀吉はしゃきっとなって畏《かしこ》まった。

「亀爺か」

「へい。さようで」

亀吉は頷く。頭がだいぶ薄く、顔も皺《しわ》が目立った。

「十年前、この長屋に卯三郎とおきちという者が住んでいたと聞いたが、覚えているか」

「卯三郎におきちですか。覚えていますとも。あっしはここに三十年近く住んでいるんですからね」

皺だらけの口元をもぐもぐさせて亀吉は言う。

「そんなに住んでるのか」

剣一郎は感心してから、

「卯三郎は何をしていた？」

と、きいた。

「卯三郎は二十五ぐらいだったでしょうか。いつか自分の店を持つんだと小間物の行商をしてました。おきちは病気のおっかさんの面倒を見ながら仕立ての仕事をしてましたが、その当時おきちはまだ十四、十五でしたぜ」

「おきちの父親は？」

「おきちが生まれた当初は長屋に何度かやってきていましたが、そのうち来なくなりました。母娘《おやこ》は捨てられたんですよ」

「父親はどんな人間か知っているか」

「母親は、どこかの大店の若旦那だと言ってました。料理屋で働いているとき、親しくなったそうです。おきちは父親の顔を覚えているかどうか」

橋場で看病している父親というのは、その男だろうか。その後、再会したのかもしれない。

「当時、卯三郎とおきちは仲がよかったのか」

「へえ、兄妹《きょうだい》って感じでしたかね。でも、母親が死んで、おきちは遠い親戚の家に行くと言って長屋を出て行きました」

「遠い親戚？　なんという名かわかるか」

「いえ、知りません。ただ、商人ふうの男が迎えに来て、おきちは長屋を出て行きました。それから、卯三郎も働かなくなり、酒を呑むようになりました。あっしは注意したことがあります。たかが、ひとりの女のことで取り乱すとは情けない。しっかりしろと」

亀吉はため息をついて、

「そのうち、卯三郎もここを出て行きました」

「私が大家になったときには卯三郎もおきちもいませんでした」

大家が口をはさんだ。

「卯三郎はおきちのことが好きだったのだな」

「そうでしょうね。あんな真面目に働いていた男が女がいなくなったとたん、荒れた暮らしをするようになったんですからね」

亀吉はしょぼついた目をいっぱいに開き、

「青柳さま。ひょっとして卯三郎とおきちのことで何か」

「いや。まだ、はっきりしたことはわからない。ある事情から調べているが、あくまでもついでに調べているに過ぎない」

剣一郎は言ったあとで、

「あれから十年経っているが、今でもふたりに会えば、本人だとわかるか」

「へえ、わかると思います」

「亀吉。頼みがある。橋場まで行けるか」

「浅草ですね。歳はとっても、まだまだ足は達者ですぜ。橋場だろうが、どこだろうが行きますぜ」

「そうか。では、早いほうがいい。明日、どうだ?」

「構いません」

「よし、この太助が迎えに来る」

「へい。合点です」

亀吉の家を出て、大家に別れを告げ、剣一郎と太助は再び仙台堀までやってきた。

おきちは自分を捨てた父親と再会し、また卯三郎とも再会したのだ。だが、卯三郎とおきちはほんとうに伊兵衛店にいたふたりなのだろうか。

卯三郎は好きなおきちと再会したのならなぜ妾宅に囲っているのだ。病気の父親がいるからか。

おきちがいなくなって生活が荒れた十年前の男と今の卯三郎が同じ人間のようには思えない。おきちがいなくなって、卯三郎は人間が変わったのだろうか。

「太助、明日、わしは橋場で待っている。亀吉を連れてくるのだ。舟でよい」

剣一郎は財布を出した。

「すみません。いただきます」

果たして、その結果、何がわかるか。何もわからないかもしれないが、そのことを確かめなければならないと思った。

第四章　忠義立て

一

その夜、八丁堀の屋敷に、文七がやってきた。

文七は剣一郎の前に畏《かしこ》まっている。部屋の中はふたりきりだ。

「文七、あれから何日も経つ。そろそろ、高四郎との話し合いの中身を教えてもらえないか」

剣一郎は切り出す。

「まだ、気持ちの整理がつきません」

「そなたは、あれ以来、ずっと塞《ふさ》ぎこんでいるようだと剣之助が言っていた。何をひとりで悩んでいるのだ。ひとりで抱え込む必要はないではないか」

「わかっているのですが」

「よいか。高四郎はだんだん弱っていっているようだ。残念ながら、もう回復は望めない。そなたが悩んでいる間に、高四郎に万が一のことがあったら何とする」

「はい」

文七は膝《ひざ》に置いた手を握りしめた。

「ならば、わしから言おう」

文七がはっとしたように顔を上げた。

「高四郎はこう言ったのではないのか。自分が死んだあと、湯浅の家を継いでくれと」

「………………」

文七は苦しそうに口をあえがせたが、声にならなかった。

「やはり、そうか」

剣一郎は胸が締めつけられた。

高四郎は自分の死期が迫っていることに気づいていたのだ。その上で、後々のことを考えたのであろう。

高四郎にはまだ子がいなかった。妻女は三年前に病死しており、今度は高四郎がみまかろうとしている。

「で、そなたは何と答えた？」

「恐れ多いことだとご遠慮いたしました。あっしみてえな人間が高四郎さまの代わりにお屋敷に入るなんて出来っこありません」

「しかし、そなたは紛《まぎ》れもなく湯浅高右衛門の子だ」

「いいえ、あっしは正式な子ではありません」

「誰に気兼ねをしている？　高四郎の母親にか」

「母は、高右衛門様の奥様には決して迷惑をかけるなと死の間際《まぎわ》まで言っていました」

「それだけを守っているのか。そのためには死を目の前にした男の頼みを拒《こば》んでも何ともないのか」

「………」

「高四郎は湯浅家の家長として自分が亡き後のことに心を砕《くだ》いて、もっともよい方法だと思って、そなたに頼んだのだ。それを、そなたは自分の母親の言葉を大事にするあまり、高四郎の頼みを聞き流すつもりなのか」

「青柳さま、私は……」

「聞け、文七」

剣一郎は強い口調になり、

「こういうことは考えたくないが、高四郎に万が一のことがあれば、湯浅家を継ぐ者がいなくなる。湯浅家は断絶だ。そなたは自分の母親の言葉を誤って受け取り、あげく湯浅家を断絶に追い込んでしまうことに気づかないのか」

「そんな」

文七は悲鳴のような声を上げた。

「確かに、どこぞから養子をとれば、家は存続出来るかもしれない。しかし、血のつながりのない者によって湯浅家が続くより、血のつながりのあるそなたが継いだほうがどれだけ残された者に喜ばしいことか」

剣一郎はさらに、

「それから、そなたは高四郎の母上をずいぶん見損なっている」

「そんな」

「いや、そうだ。そうでなければ、そのような気を使うはずがない。そなたは、亭主が外の女に子を産ませたことを、妻女が今も嫉妬《しっと》していると考えているのであろう。どうだ?」

「はい」

「そんなちっぽけな女子《おなご》ではない。そのようなことで気を使うのはかえって失礼だ」

「…………」

「文七、もし、高四郎の母上を心配するなら、自分が高四郎に代わって孝行するのだ」

「青柳さま、私が間違っておりました」

文七は手をついて、

「なれど、私が武士になれましょうか」

「そなたは武士の子だ」

「はい」

「よいか、明日にでも高四郎に会いに行け」

剣一郎は手を叩《たた》いた。

襖《ふすま》が開いて、多恵が入ってきた。

「明日、文七について高四郎のところに行ってもらいたい」

はっとしたように、多恵は文七を見た。多恵もすべてを察したようだった。

翌日の昼過ぎ、剣一郎が橋場の船着き場で待っていると、太助と亀吉を乗せた舟がやってきた。

陸《おか》に上がった亀吉は船酔いしたらしく青ざめた顔で、草むらにしゃがみこんだ。

「へえ、すみません。少し休めば、だいじょうぶです」

「波が高く、舟がずいぶん揺れました」

太助が説明した。

「それはたいへんだったな」

「最初は気持ちよかったんですが、大川に出てから酷《ひど》い目に遭《あ》いました」

亀吉は大きく深呼吸をした。

結局、四半刻（三十分）ほど休んで、やっと亀吉は元気になった。

それから、おきちの住まいに行く。

「太助がおきちを格子《こうし》戸の外まで誘《おび》き出す。そなたは、塀《へい》の陰から女の顔を見るのだ」

「へい」

亀吉は興味深そうな顔をした。

「じゃあ、行きます」

太助が門を入り、格子戸に向かった。太助が戸を開けて中に入ったあと、剣一郎は格子戸の外に行った。

そこで待っていると、やがて太助が出てきて、その後ろからおきちが現われた。剣一郎が待っているところまで出てきた。

「すまなかったな。病人がいると聞いて遠慮した。ひとつだけ、聞かせてもらいたい。そなたは十四、五歳のころに母親を亡くし、その後、長屋を出て行ったそうだが、どこで何をしていたのか、教えてもらえないか」

「親戚の家で暮らすことになったんです。すみません。その親戚の家は子どもが多く、いやなことばかりで、思い出すのも疎《うと》ましいのです」

おきちは首を横に振った。

「そうか。それ以上はきくまい。ところで、父親とはどうやって再会したのだ?」

「私を捜してくれたんです。やっと会えたと思ったら体を壊《こわ》して……」

剣一郎はさりげなく亀吉のほうに目をやった。亀吉が茫然《ぼうぜん》と立っていた。

「おきち、すまなかった。もういい」

「はい、では」

会釈《えしやく》をして、おきちは家に戻って行った。

剣一郎は亀吉のところに行き、

「どうだ？」

と、きいた。

「おきちです。間違いありません。色っぽくなっていますが、薄幸そうな顔立ちは昔と変わっちゃいねえ」

「やはり、おきち本人だったか」

剣一郎は呟《つぶや》いてから、

「これから神田白壁町に行ってもらいたいのだが、行く元気があるか。もちろん、舟でいい」

「神田までならなんてことありません。舟は結構です。歩いて行きます」

「舟は懲《こ》りたか」

剣一郎は苦笑し、

「駕籠《かご》はどうだ？」

「この足があります。まだまだ、若い者には負けません」

亀吉は強がった。

「では、歩いて行くことにしよう」

剣一郎たちは歩きはじめた。

「青柳さま。神田白壁町には、卯三郎がいるんですね」

亀吉がきく。

「そうだ。『錦屋』という小間物屋をやっている」

「そうですかえ。店を持ったんですかえ。やっ、するってえと、おきちは卯三郎の？」

「妾《めかけ》だそうだ」

「妾……」

亀吉は不服そうに、

「なんで、かみさんじゃねえんだ。おきちがいなくなって、あんなに荒れていたんだ。再会出来たなら、なんでかみさんにしなかったんだ」

「今、卯三郎にはかみさんがいる」

「そうですかえ。じゃあ、仕方ねえか」

「かみさんにしたのは半年前だ。おきちと再会したのは三年ほど前らしい」

「変じゃねえですか。おきちと再会した時は独り身だったんだから、かみさんにすればよかったじゃねえか」

亀吉は憤慨《ふんがい》した。

「それが出来ない事情があったのだ。おそらく、父親の病気だろう。おきちのほうがかみさんになるのを断ったのかもしれない」

「そうかもしれませんねえ。おきちも病気の父親がいなければ、素直にかみさんになったのかもしれません」

駒形から蔵前に差し掛かる。

「卯三郎は欲深い人間だったか」

剣一郎はきく。

「店を持つために貪欲《どんよく》に仕事はしていましたが、欲深い人間かと問われたら違うと答えざるを得ませんぜ」

「しかし、おきちがいなくなって生活が荒れたと言っていたな。人間が変わったんじゃねえか」

「そう言われたら、返す言葉はありません」

浅草御門を抜け、郡代屋敷の横を通って白壁町に向かう。

「いつのまにか卯三郎は欲深い人間になっていたんですね」

亀吉はやりきれないように呟いた。

白壁町の『錦屋』に着いた。漆喰《しっくい》壁に土蔵造りの店を目にし、亀吉は感嘆の声を上げた。

「これが卯三郎の店ですかえ」

「そうだ。連日、客で賑《にぎ》わっている」

「へえ、たいしたもんだ」

亀吉は屋根の上にある看板を見上げ、

「小間物の『錦屋』か。こんな立派な店を持てるようになったのか。でも、ほんとうに卯三郎なんですかえ」

と、怪訝《けげん》そうにきいた。

「今、呼んでくる。ここで待て」

「へい」

剣一郎が店に入ろうとしたとき、背後で声がした。

「亀吉とっつあんじゃないのか」

振り返ると、卯三郎が亀吉に近づいていた。

「おう、卯三郎か。やっぱり、ここはおめえの店か」

卯三郎は羽織姿で、ちょうど外出先から帰ってきたところのようだった。

「どうしてここに？」

そうきいてから、卯三郎は剣一郎に気づいて、

「これは、青柳さま」

と、あわてて会釈をした。

そして、亀吉にもう一度顔を向け、

「ひょっとして、青柳さまといっしょに？」

と、きいた。

「うむ。おめえの話を聞いて、青柳さまに連れてきてもらったんだ。思った以上の店なんで、感心していたところだ」

「なんとかな」

卯三郎は笑みを浮かべ、

「まあ、寄っていってくれ」

「いや、また改めて来させてもらう」

亀吉は辞退した。

「そうかえ。じゃあ、今度ゆっくり来てくれ」

卯三郎は念を押して言う。

「わかった。おめえが店を持ったこともうれしいが、それより、おめえが俺のことを覚えていてくれたことがもっとうれしいぜ。十年近くも会っていねえんだからな」

亀吉は目をしょぼつかせた。

「とっつあんのことは忘れはしないよ」

「ありがとうよ」

亀吉は言ってから、剣一郎のそばに行き、

「青柳さま。あっしはこれで引き上げます」

「そうか、ごくろうだった。太助、送ってやれ」

「へい。亀吉さん、行きましょうか」

太助が声をかける。

亀吉は会釈をして太助といっしょに引き上げた。

「青柳さま、冬木町に行ってきなさったんですかえ」

「うむ。橋場でおきちの顔も確かめてもらった」

「そうですか」

卯三郎は苦笑して、

「青柳さまもお暇《ひま》なんですねえ」

「わしのような人間は暇なほうがよい」

「ならば、ひとつ頼まれてくれませんかえ」

卯三郎は真顔になった。

「なんだ？」

「じつは」

辺りにひとのいないのを確かめてから、

「おいとのことなんです」

と、切り出した。

「あのおいとのお腹の子の父親は鉄平です。他人の子を、育てるつもりはありません。鉄平においとを引き取る気があるなら、返そうと思うんです」

「返す？」

「私はもともとおいとが他人のものだから欲しくなったんです。でも、手に入れてみれば身籠《みご》もっていたんですよ。いくら他人のものを欲しがっても子どもは願い下げです。それに、ご承知のように、私にはおきちっていう女がいますからね」

「おいとを離縁《りえん》するというのか」

「もともと正式な女房ではありませんから。どうせ、捨てるなら、鉄平に拾《ひろ》ってもらったほうがいいでしょう」

　卯三郎は冷たく言う。

「まるで、もの扱いだな」

「…………」

「ひとつ確かめるが、おいとは今の話を受け入れているのか」

「もちろんでございます。もともと私とは好きで一緒になったわけではありませんから」

「おきちと再会したとき、なぜ女房にしなかった?」

　剣一郎は気持ちにひっかかっていたことをきいた。

「病気の父親を抱えておりましたからね。その父親も余命いくばくもありません。父親がいなくなったら、すぐここに引き取るつもりです」

「何がでございましょう？」

「他人のものを欲しがるそなただったら、病気の父親だけを橋場に住まわせ、おきちを『錦屋』に入れるのではないか。父親の看病のためにひとを雇《やと》うことは、そなたの財力なら容易だ」

「おきちが父親の看病をしたいと懇願《こんがん》したからですよ。ひとの生死のことですから、私も強引には出来ませんでした」

「それほど、おきちに思い入れがあるのに、よくおいとを欲したな」

「まあ、私も、男ですから」

「わかった。では、鉄平に話をしてみよう」

「お願いします」

卯三郎は頭を下げた。

またしても、剣一郎は何かが頭の中で閃《ひらめ》きかけたが、はっきりした形にならなかった。

二

剣一郎は豊島町の普請場《ふしんば》にやってきた。

だいぶ骨組みもできていた。ちょうど、小休みの時間で、大工たちが思い思い休んでいた。

棟梁《とうりょう》の源吉の許しを得て、鉄平を呼んでもらった。

鉄平は近づいてきて、ぺこんと頭を下げた。

「鉄平。よく、聞け」

剣一郎は切り出した。

「『錦屋』の卯三郎からだ。おいとと離縁するので、引き取ってもらいたいということ」

「えっ？　なんですって」

鉄平は目を見開いた。

「おいとを引き取ってもらいたいというのだ。お腹の子もそなたの子だそうだ」

「…………」

眦《まなじり》を吊り上げた鉄平の顔が見る見るうちに紅潮してきた。

「なんてえ男だ。飽《あ》きたから離縁するのか。ちくしょう、俺がどんな思いで、おいとを諦《あきら》めたと思っているんだ。子どもだって、俺が育てるより金のある『錦屋』で暮らすほうが子どものためだと自分に言い聞かせてきたんだ」

鉄平は息をあえがせながら、

「この半年間、おいとは卯三郎のかみさんだったんです。あっしのことなど忘れて……。それなのに、追い出されたからってあっしのところに来るなんて」

「鉄平。腹を立てる気持ちもわかるが、落ち着いてよく考えろ。腹を立てて卯三郎に怒鳴り込んで行くか。そんなことをしたら、おいとはどうなる？　『錦屋』から追い出され、そなたにも見捨てられ、身籠もった体でおいとはどうしたらいいのだ？」

剣一郎はたしなめる。

「確かに、卯三郎の振る舞いは許せぬ。だが、もとはといえば、そなたがいけないのだ。そなたが自分で蒔《ま》いた種だ」

鉄平ははっとなってうなだれた。

「いいか。子どものためだ。おいとを喜んで受け入れてやるのだ。そして、母子ふたりを、そなたが守ってやるのだ」

「…………」

「やい、鉄平。なに、ぐずってやがんだ。てめえ、それでも男か。つまんねえことを気にして、大事な人間を不幸にしていいのか」

源吉が声を張り上げた。

休んでいた他の大工が思わず顔を向けた。

「鉄平。また明日、来る。それまで考えておくのだ」

剣一郎は言い、踵《きびす》を返そうとした。

そのとき、鉄平が、

「お待ちください」

と、呼び止めた。

「あっしはおいとを守っていきます。今なら、守ってやれます」

「おいとを迎えてやれるか」

「はい。いつでも」

「よし。卯三郎にそのように伝えておく」

「お願いします」

鉄平の目が輝いていた。

剣一郎は普請場を離れ、『錦屋』に戻った。

店に入り、番頭に声をかける。

「卯三郎を呼んでもらいたい」

「はい。少々、お待ちを」

番頭が呼びに行くと、卯三郎がすぐに出てきた。

「鉄平に会ってきた。いつでも迎え入れるそうだ」

「そうですか。では、おいとにはそのように言い含めておきます。支度《したく》もありましょうから、三日後ではいかがでしょうか」

「よし、いいだろう」

「これ以上、青柳さまをお使いだてするわけにはいきません。あとは私のほうで、鉄平に知らせます」

「よし」

剣一郎は卯三郎と別れ、日本橋方面に向かった。

本町に差し掛かったとき、おやっと思った。

宮造が本町通りに入って行ったのだ。宮造は饅頭笠《まんじゅうがさ》の侍と何らかの取引をした疑いがある。

大店《おおだな》が軒《のき》を連ねる通りの途中で、宮造が立ち止まった。紙問屋の『泉州屋』の辺りを見回し、裏にまわった。

剣一郎は用心深く路地に入る。宮造は塀伝いに急ぎ、角を曲がった。剣一郎は角の手前で立ち止まり、曲がった先を覗《のぞ》く。

裏口の近くで、宮造が指笛《ゆびぶえ》を鳴らした。中の人間に合図を送ったのだ。しばらくして、裏口の戸が開いた。女が出てきた。おくみだ。

なぜ、おくみが『泉州屋』に……。そう思ったとき、思い出した。念仏の五郎が最後に押し入った場所がここだ。

おくみは宮造に何か囁《ささや》いた。剣一郎は素早く路地を戻り、通りに出た。

隣の薬種問屋の角に潜んでいると、路地から宮造が出てきた。

宮造は本町通りをまっすぐ大伝馬町のほうに向かった。剣一郎はあとをつける。宮造は足早に歩き、横山町の手前で左に折れた。

剣一郎も遅れて曲がる。宮造は柳原通りを突っ切り、新シ橋を渡った。

向柳原から三味線堀に出る。宮造の行き先は益美藩小野壱岐守だ。案の定、宮造は小野家の門に向かった。

剣一郎は三味線堀沿いの柳の木の陰に隠れ、様子を窺《うかが》う。やがて、宮造は門の中に入った。

四半刻（三十分）後に、宮造が出てきた。懐手《ふところで》で、にやついている。金をもらったのだろう。

宮造は下谷七軒町《しちけんちょう》から新堀川のほうに向かう。長屋に帰るつもりか。

剣一郎は足早になって宮造に迫った。

「宮造」

近づいて、声をかける。

たちまち、宮造は棒立ちになった。

剣一郎は宮造の前にまわり、深編笠《ふかあみがさ》をとった。

「青柳さま」

宮造の声は震えた。

「詳しく話してもらおうか」

「なんのことでしょうか」

「小野壱岐守さまの屋敷に誰を訪ねたのだ？」

「あっしは別に……」

「宮造、とぼけてもだめだ。そなたが、屋敷に入って行くのを見ていたのだ」

「それは……」

「先日の饅頭笠の侍ではないのか」

「違います。あそこの中間《ちゆうげん》にあっしの知り合いがいまして」

「おくみはどうしている？」

「家にいます」

「間違いないか」

「へえ」

「では、本町の『泉州屋』にいるのは誰だ？」

「あっ」

宮造はのけ反って数歩後ろに下がった。

「宮造、そなたは饅頭笠の侍の手先になって何かをしようとしているな。なぜ、おくみは『泉州屋』に潜《もぐ》りこんだのだ？」

「………」

「『泉州屋』は三年半前に念仏の五郎が押し入り、千両を奪ったところだ。さあ、言うのだ。もし、『泉州屋』で何か起きたら、そなたもおくみも一蓮托生《いちれんたくしよう》だ。よくて遠島《えんとう》、悪くすれば死罪」

「げっ」

宮造は奇妙な悲鳴を上げた。

「宮造、そなたは危険な真似をしていることに気づかぬか。おそらく、饅頭笠の侍に瀬戸家のことを教えたのだろう。そんなことがわかったら、改めて吉富紋之助はそなたを狙《ねら》うであろう」

「そんな……」

「饅頭笠の侍の名は？」

「壱岐守さまのご家来の草間大三郎《くさまだいさぶろう》さまです」

「草間大三郎に何を話した？」

「誰に頼まれて、『錦屋』の卯三郎のあとをつけたのかときかれたんです。最初はとぼけていたんですが、おくみが吉富紋之助のことを話してしまっていたんで、隠し通せず、卯三郎が念仏の五郎とつながっているかを調べていると話しました」

「伽羅《きやら》の原木《げんぼく》『鬼涙』が盗まれたことも話したのだな」

「へえ」

「草間どのはなんと？」

「『鬼涙』は瀬戸家にあったのかと驚いていました」

「殺された莨《たばこ》売りの男は小野家の家臣であろう。草間どのは、小野家が『錦屋』を見張っていたわけを言っていたか」

「もともと、『鬼涙』は小野家にあったもので、何者かに盗まれたそうです」

「念仏の五郎ではないのか」

「違います。別の盗人《ぬすっと》に入られたようです。それで、裏稼業の顔役に『鬼涙』を取り戻してくれるように頼んだ。でも、それきり手がかりがないまま五年経ち、最近になって『錦屋』の『伽羅の香り』が気になりだしたそうです」

「それまで、『伽羅の香り』のことを知らなかったのか」

「いえ、ほんものの伽羅の香りと同じものを造り出す技法が編み出されたのだと思っていたようで」

「そうか。草間どのはそこまで話したのか」

「へえ、ですから、一肌脱ごうって気に」

「金をもらったのではないか」

「へえ」

「いくらだ？」

「全部で十両です」

「吉富紋之助からもらうはずだった金子《きんす》と同じか」

「へえ」

「で、『泉州屋』にいるおくみはどういうわけだ？」

「草間さまに頼まれて、女中として入り込んだんです。おくみは瀬戸家に奉公しているときから『泉州屋』の旦那《だんな》とは顔見知りでしたので、旦那はすぐ引き受けてくれたんです」

「草間どのは、なぜ『泉州屋』に目をつけたのだ？」

「『泉州屋』は瀬戸家の出入りの商人なんです。瀬戸家は『泉州屋』から金を借りたりしていたようです」

「『泉州屋』に何があるんだ？」

「瀬戸家の秘密を知っているからと言っていました」

「瀬戸家の秘密？」

「詳しいことは教えてくれませんでした」

「さっき、おくみから何をききだしたのだ？」

「きょうの夜、吉富紋之助が『泉州屋』にやってくるそうです。『泉州屋』に入り込んだ早々に、さっそくのおくみの手柄です」

「手柄か。草間どのが何をするかわかっているのか。莨売りの格好をした男を斬《き》ったのは吉富紋之助だ。場合によっては斬り合いになるやもしれぬ」

「…………」

「草間どのははじめから『泉州屋』の主人と吉富紋之助を殺すつもりで押し込むのかもしれぬ。そんな騒ぎになったら、そなたたちもただではすまぬ」

「青柳さま、どうしたらいいんでしょうか」

宮造は青ざめた顔で訴える。

「何とかして防ぐしかない。よいか、あとは我々がやる。今夜は長屋でおとなしくしているのだ。よいな」

「へい」

剣一郎は念を押して、来た道を戻り、奉行所に向かった。

陽が落ち、本石町《ほんこくちょう》の時の鐘が暮六つ（午後六時）を告げてから四半刻（三十分）経った。が、まだ吉富紋之助はやってこない。

「まだ、来ませんね」

『泉州屋』の潜《くぐ》り戸を見通せる場所で、京之進がきいた。潜り戸が開いたままなのは誰かが訪ねてくることになっているからだろう。

「あと四半刻待とう」

「はい」

「京之進は三年半前の念仏の五郎の押し込みのときには『泉州屋』に駆けつけたのだな」

「ええ、一千両が奪われたと、『泉州屋』は取り乱していました」

「念仏の五郎の千社札《せんじゃふだ》はどこに貼ってあったのだ?」

「座敷の柱です」

「千両箱は土蔵から盗んだのではないのか」

「そうです」

「なぜ、土蔵に貼らず、座敷の柱に貼ったのか」

「そういえば、妙《かし》ですね」

京之進も首を傾げた。

四半刻経った。

「まだ、来ませんね」

剣一郎は微かに焦りを覚えた。

さっき別れたあと、宮造がもう一度、草間大三郎のところに駆け込んだとは考えづらい。仮に、そうだったとしても、吉富紋之助はそのことに関わりなく、やってくるはずだ。

だとしたら……。

六つ半（午後七時）になっても吉富紋之助はやってこない。ときたま、番頭らしい男が出てきて、左右を見ている。

「京之進、確かめてくる」

剣一郎は『泉州屋』の潜り戸に向かった。

開いている潜り戸から土間に入る。

「ごめん、主人はいるか」

剣一郎が声をかけると、奥から色白の細身の男が出てきた。四十前後だ。

「泉州屋万治郎《まんじろう》でございます」

「南町の青柳剣一郎だ。詳しい事情は省く。今夜、瀬戸家の吉富紋之助どのがここに来ることになっているな」

「は、はい」

勢いに押されたように、泉州屋万治郎は頷《うなず》いた。

「約束の刻限は？」

「暮六つということでした」

「まだ来ぬな」

「はい」

「いつも、約束より遅れるのか」

「いえ」

「きょうの来訪はどちらから言い出したのだ？」

「吉富さまから使いが来ました」

「そうか」

「青柳さま、何かあったのでございましょうか」

「わからぬ。邪魔した。また、来るかもしれぬ」

剣一郎は外に出た。

京之進のところに戻り、

「気になることがある。本郷の瀬戸家からここまでの道のり、特に八辻ケ原、昌平坂辺りを調べてもらいたい」

「わかりました」

剣一郎の不安を察したように、京之進は手下を伴い、八辻ケ原のほうに駆けて行った。

剣一郎もあとに続いた。

提灯《ちょうちん》が揺れながら八辻ケ原を突っ切って、昌平橋のほうに向かった。そして、昌平橋の近くで提灯の動きが止まった。

剣一郎は駆けた。

近づくと、京之進の足元に侍が倒れていた。

提灯の明かりに照らされた顔は吉富紋之助だった。傍《かたわ》らに抜き身の刀が落ちていた。

「眉間《みけん》から真っ二つに斬られています」

京之進が憤然と言う。

「妙だ」

剣一郎は紋之助の亡骸《なきがら》を見つめて言う。

「吉富どのは居合《いあい》の達人だ。こんな無残に斬られるとは信じられぬ。この騒ぎを見ていた者はいないか、探してもらいたい」

「はっ」

京之進はすぐ手下に今のことを命じた。

「『泉州屋』に戻る」

剣一郎は道を引き返した。

『泉州屋』の前に、番頭や手代が出ていた。

「どうしたんだ？」

「はい。旦那さまをお見送りしたところです」

「見送り？　出かけたのか」

「はい。吉富さまの使いという中間がふたり迎えに来て、駕籠で」

「駕籠？　向こうが用意していたのだな。どっちへ行った？」

「お濠《ほり》のほうです」

「よし」

剣一郎は走った。

濠に出て、左右を見る。竜閑橋《りゅうかんばし》付近に提灯の明かりが見えた。駕籠の脇にふたつの影があった。

ふと提灯の明かりが消えた。鎌倉河岸《かまくらがし》のほうに曲がったのだ。

剣一郎はまた走った。そして、竜閑橋を渡り、鎌倉河岸方面に曲がる。駕籠は三河町《みかわちょう》の角に差し掛かったが、そのまままっすぐ進んだ。

神田橋御門を過ぎ、右手の大名屋敷の前を過ぎた。馬場がある暗い場所で、駕籠が止まった。

剣一郎は足を止めた。

駕籠から泉州屋が降りた。駕籠が戻ってきた。

駕籠をやり過ごしてから、剣一郎は近づく。

中間ふうの男がふたり、泉州屋を逃がさぬように両脇に立った。

剣一郎は気配を消し、少しずつ近づく。やがて、泉州屋の声が聞こえた。

「誰だ、あんたは?」

泉州屋の前方に饅頭笠の侍が現われた。

「吉富紋之助ではなく残念であったな」

「何なんだ、私を泉州屋万治郎と知ってのことか」

「そうだ」

「吉富さまは?」

「死んだ」

「なんですと」

「すべての発端《ほったん》はそなただな」

「何がですか」

「そなたが、伽羅の銘木《めいぼく》『鬼涙』を欲しがったことが、このような事態を招いたのだ。そなたには死んでもらわねばならぬ」

「何のことか……」

「とぼけても無駄だ。吉富紋之助はすべてを話した」

饅頭笠の侍が剣を抜いた。

「待て」

剣一郎は鋭《するど》い声を発して飛び出した。

「きさま」

饅頭笠の侍が剣を構えた。

「またお会いしましたね」

剣一郎は泉州屋を背中にして立ち、饅頭笠の侍と向き合った。

「よけいな邪魔だてだ」

「ひとが斬られようとしているのを、黙って見逃すことは出来ませぬ」

「これは我らの問題だ」

「瀬戸家、小野家、そして『泉州屋』の問題だというわけですか。そうはいきません」

「奉行所が乗り込むと、まとまるものもまとまらなくなる」

「奉行所は江戸の町とそこに暮らすひとびとを守る役目があります。いくら小野壱岐守さまのご威光があっても我らを抑《おさ》えることは出来ません」

「やむを得ない」

饅頭笠の侍は八双《はっそう》に構えた。

「草間どの、お相手いたします」

剣一郎は剣を抜き、正眼《せいがん》に構える。

「宮造だな」

「最初から小野家のお方とわかっていたこと」

剣一郎は間合いを詰めて、強引に斬り込む。

草間は剣を避け、すかさず斬りつけてきた。剣一郎はその剣を弾《はじ》く。そして、後退って再び正眼に構える。

草間は剣を下ろし、

「なるほど、俺の腕をためしたのか」

と、口許《くちもと》を歪《ゆが》めた。

「吉富紋之助も草間どのと互角の使い手だった。なぜ、あのように眉間を真っ二つに斬られて死んだのか」

剣一郎は疑問を口にする。

草間は刀を鞘《さや》に納め、

「泉州屋、そのほうの罪は大きい」

と責めるや、踵を返して走り去った。

剣一郎は改めて泉州屋万治郎に振り返り、

「事情をきかせてもらおう」

「事情は簡単なことです。借金の申し入れをお断りしたことに遺恨《いこん》をお持ちなのです。それだけのことでございます」

泉州屋は厳しい表情で言う。

「あの者はまだそなたを狙う」

「…………」

泉州屋は厳しい顔をし、

「吉富さまがお亡くなりになったのは真《まこと》でございますか」

「真だ。そなたのところに向かう途中、今の侍に斬られた。だが、吉富どのがむざむざ斬られたことが腑《ふ》に落ちぬ」

泉州屋は考え込むように押し黙った。

「まあ、よい。今夜は遅い。明日、改めて伺う。さあ、送って行こう」

そう言い、剣一郎は歩きだした。


翌朝、剣一郎は年寄同心部屋にて京之進と会った。その場に、同心の長である年寄同心と宇野清左衛門が同席した。

ゆうべ、旗本瀬戸家の家来吉富紋之助が斬られたという話をしてから、

「京之進、瀬戸家の手ごたえはどうだった?」

と、剣一郎はきいた。

「はい。瀬戸家からご用人が亡骸を引き取りにきましたが、比較的淡々としておりました。誰に斬られたかも、まったく気にしていない様子でした」

京之進は不可解そうに答える。

「まるで、斬られることを予想していたかのようではないか」

清左衛門が口を入れた。

「吉富紋之助の斬られ方も腑に落ちません」

剣一郎は呟くように言う。

「そもそも、小野家と瀬戸家はどのような因縁《いんねん》があるのでございますか」

年寄同心がきいた。

「うむ。わしも聞きたい」

清左衛門も頼んだ。

「わかりました。整理しておきましょう」

と、剣一郎は説明をはじめた。

「『鬼涙』という伽羅の銘木がすべての中心でございます。もともと、『鬼涙』は小野家が所有していたもの。ところが、五年前に小野家の上屋敷から盗まれたのです。小野家では、おそらく草間大三郎が裏稼業の顔役に『鬼涙』を取り戻してくれるように頼んだのです。しかし、手がかりがないまま五年経ち、最近になって『錦屋』の『伽羅の香り』が気になりだしたのです」

剣一郎が一拍の間を置いて、

「一方、念仏の五郎のことです。こちらはあくまでも想像の域を出ませんが、裏稼業の顔役からその話を聞いた念仏の五郎は、『鬼涙』を捜した。そして、何がきっかけかはまだ不明ですが、瀬戸家にあることを嗅《か》ぎつけたのだと思います」

清左衛門は大きく頷く。

「念仏の五郎は瀬戸家に忍び込み、『鬼涙』を盗んだのです。しかし、小野家には渡しませんでした」

「なぜだ？」

清左衛門が口をはさむ。

「わかりません。が、念仏の五郎は瀬戸家に押し入ったふた月後に『泉州屋』に忍び込んでいます。これも、想像でしかありませんが、『鬼涙』は瀬戸家になかったのではないかと」

「念仏の五郎は瀬戸家にあると思って忍び込んだが、実際にはなかったということか」

「そうです」

「では、『泉州屋』に？」

「はい。念仏の五郎は瀬戸家と親しい『泉州屋』に目をつけて忍び込んだ。果たして、狙い通りの品物があったというわけです」

剣一郎はさらに続ける。

「『泉州屋』と瀬戸家、そして小野家ではそれぞれ、最近になって『錦屋』で売り出された『伽羅の香り』という鬢《びん》付け油に『鬼涙』が使われているのではないかと疑いを持って調べだしたのです」

「しかし、『伽羅の香り』が売り出されたのは三年前だ。なぜ、今ごろ同じようにそのことに気づいたのか」

清左衛門が疑問を呈した。

「『錦屋』は伽羅と同じ香りを造り出すことが出来たと言い触《ふ》らしていたこともあり、まさか『鬼涙』が使われているなどとは思ってもいなかったのではありますまいか。だが、だんだん、不審を抱きはじめた。誰もが、ほんものの伽羅の香りではないかと言い出したとき、とんでもないことに気がついたのです。もし、『鬼涙』が使われているとしたら、原木は削《けず》り取られ、いずれなくなってしまう。そのことを恐れ、『錦屋』を調べ出したのではないでしょうか。特に、吉富紋之助は『錦屋』の卯三郎の背後に念仏の五郎がいると睨《にら》んでいたようです」

「どうなのだ、卯三郎は？」

「今のところ、念仏の五郎の影はありません」

「では、瀬戸家や小野家が勝手に騒ぎ、殺し合いをしただけということか」

清左衛門が呆れたように言う。

「いえ。まだ、わかりません。卯三郎については、まだ調べる必要があります。というのもいっしょに伽羅の香りを造り出した鬢付け油の職人の行方がわからないなど、いくつかの疑念があるのです」

「そうか」

信助という男が考えた伽羅に似た香りの造り方を、卯三郎が横取りした……。そう思ったこともあったが、信助は単に鬢付け油に『鬼涙』で香りづけをしただけなのかもしれない。

「私は卯三郎を追います。京之進には泉州屋万治郎を調べてもらいます」

「よし、ごくろうだが、引き続き頼む」

清左衛門が剣一郎と京之進に励ますように言った。

奉行所の外で、太助が待っていた。

剣一郎はさっそく声をかけた。

「太助か。すまないが、鬢付け油の職人の信助を捜し出して欲しい。喧嘩《けんか》別れをして京に行ったと卯三郎は言っていたが、信じられない。信助こそ、鬢付け油に『鬼涙』で香りづけをした職人ではないかと睨んでいる。いずれにしろ、『錦屋』の周辺にいるはずだ」

「わかりました」

太助は走って行った。

「なかなか、すばしこい男ですね」

京之進が感心した。

「うむ。助かっている」

「文七は？」

「文七はわけあって、手先をやめてもらった」

「……………」

京之進は驚いたような顔をしたが、それ以上のことはきこうとしなかった。

剣一郎は神田白壁町に向かった。本町の『泉州屋』に行く京之進と途中まで同道した。

「卯三郎の強欲《ごうよく》振りからして、信助を追い出して伽羅の香りを造り出す方法を自分だけのものにしたと考えたのですが……」

京之進は卯三郎への不信を口にした。

元浜町に住む浪人夫婦の家で金にものを言わせ、浪人の妻女が持っていた龍の形をした香炉《こうろ》を手に入れたという。

たまたま、京之進がその長屋に行ったとき、卯三郎が香炉を手に入れようと掛け合っていたという。

「卯三郎が香炉を取り上げた浪人の長屋は元浜町だったな」

「はい。あのときの卯三郎の態度は今思い出しても腹が立ちます」

「そうか」

本町に差し掛かって、剣一郎は京之進と別れた。

神田鍛冶町に入ったとき、前方の須田町のほうから子どもの手を引いたこざっぱりした女がやって来るのが目に入った。子どもも小綺麗《こぎれい》にしている。

剣一郎は風車《かざぐるま》の母子に似ているような気がした。しかし、あのときの母親はみすぼらしい恰好で、子どもも継《つ》ぎ接《は》ぎだらけの着物を着ていた。

ふたりが近づいてきたとき、

「つかぬことをきくが」

と、剣一郎は思い切って声をかけた。

「はい」

あのときは三十近くに見えたが、こざっぱりした姿だと若々しい。二十そこそこのようだ。

「そなた、いつぞや子どもが持っていた風車を『錦屋』の主人に取り上げられた母親ではなかったか」

「はい」

「やはり、そうか。あのときは、子どもには受難《じゆなん》であったな」

「いえ」

女ははにかんだように笑った。

「受難ではありません。幸運でした」

「幸運？　なぜだ？」

「だって、一両出すから風車を譲《ゆず》ってくれと仰《おつしや》るんです。最初はからかっているのだと思いました。でも、ほんとうに一両を出してくれたんです。自分は何でも欲しいと思ったら、いくら金を積んでも欲しくなる性分だからって」

「…………」

「私はあのお方に感謝しています。いただいたお金で着るものを買い、それで須田町の旅籠《はたご》に奉公のお願いに行ったら、すぐに決まって。あのみすぼらしい姿だったら、断られていたと思います」

「『錦屋』の主人のことを知っていたのか」

「いえ。ただ、以前に口入屋から引き上げるときにすれ違った旦那さまに似ているような気がしました」

剣一郎はまたも頭の中で何かが閃きそうになった。

「呼び止めてすまなかった」

剣一郎は母子と別れ、白壁町に向かいかけたが、気になって元浜町に足を向けた。

京之進から聞いた長屋に行き、洗濯物を干していた女に家をきいて、剣一郎は浪人夫婦を訪ねた。

「ごめん」

腰高障子《こしだかしょうじ》を開けた。部屋に女がいて、文机《ふづくえ》の上で香を焚《た》いていた。浪人の妻女だ。

「はい」

妻女が出てきた。

「あなたさまは……」

左頬《ひだりほお》を見て、妻女は目を見開いた。

「ご亭主は？」

「はい。今、仕事に」

「何をなされているのか」

「近くの剣術道場で代稽古《だいげいこ》をしています」

「そうか。つかぬことを伺うが、以前、『錦屋』の卯三郎がこの家にあった香炉を欲しがって持って行ったそうだな」

「はい」

「かなり強引に持って行ったということであったが？」

「はい。最初はお断りしたのですが、お金を積まれ、十両を目の前にしたとき、受け入れてしまいました。三つになる娘が急に熱を出し、お医者さまに連れて行かねばならず」

「そこに龍の形をした香炉があるが？」

文机の上に目をやってきく。

「はい。卯三郎さんの使いの方が持ってきてくれました」

「持ってきた？」

「はい。もう飽きたが、捨てるのはもったいないので返すということでした」

「…………」

「でも、返すお金がないので、そのことを詫《わ》びに行ったら、済んだことだからととりあってくれませんでした」

「やはりな」

「はい。あのお方はあのような形で私たちを助けてくれたのです。私たちの矜持《きょうじ》を傷つけないやり方で」

妻女はふと不安そうな表情になって、

「卯三郎さんになにか」

と、きいた。

「いや、あの男は自分を欲深い男に仕立てて人助けをしているのだ。そのことを確かめに来ただけだ」

「ほんとうに不思議なお方です。どのように恩返しをしたらいいかと、いつも夫婦で考えています」

「卯三郎はそのようなものを期待してやったわけではない。不要だ。ただ、そのほうたちが仕合《しあ》わせに暮らすことが恩を返すことになる」

「はい」

妻女は微笑《ほほえ》んで頷いた。

三

それから四半刻（三十分）後、剣一郎は『錦屋』の客間で卯三郎と差し向かいになった。

「このたびはいろいろありがとうございました」

卯三郎は頭を下げた。おいとのことだ。

「あれから使いを出しました。鉄平がおいとを引き取ることを承知してくれて、正直ほっとしています。いくら飽いた女とはいえ、放り出すのも気が引けていましたので」

「卯三郎、ほんとうのことを言うのだ」

剣一郎は鋭く言う。

「何のことでございましょうか」

「そなたは鉄平夫婦を助けようとしたのではないのか」

「…………」

「手慰《てなぐさ》みで借金を負った鉄平を助けるために仕組んだそなたの大博打《おおばくち》だ。あのままなら、おいとは女郎に売り飛ばされるかもしれない、だが、単に借金の肩代わりをしても、鉄平の本性が変わらねば、また同じことの繰り返しになる。だから、あのような真似で、おいとを鉄平から引き離した」

「青柳さま」

卯三郎は苦笑し、

「私はそんな立派な人間じゃありませんよ。そんな一文の得にもならないことをするはずないではありませんか」

「なぜ、隠す?」

「隠してはいません」

卯三郎は言い切る。

なぜ、素直に自分の思いを出さないのか、不思議だった。

「わかった。ところで、瀬戸家の吉富紋之助を知っているな。宮造を使ってそなたの動きを見張っていた男だ」

「はい」

「吉富紋之助はゆうべ斬られて死んだ。斬ったのは小野家の草間大三郎だ」

「…………」

「草間大三郎は泉州屋万治郎をも斬ろうとした」

「そうですか。私には関わりないようです」

「卯三郎。『伽羅の香り』に『鬼涙』が使われているのではないのか」

「以前にも申しましたように、伽羅の原木を使っていたら、いつしかなくなってしまいましょう。それだったら、その先は商売としてやっていけなくなるではありませんか」

「なるほど」

　剣一郎ははっと気づいた。

「何でしょうか」

「そなた、このまま商売を続けていく気はないのではないか。いや、『伽羅の香り』を売り続けるつもりはないのだ。違うか」

「…………」

「卯三郎、そなた、何のために『伽羅の香り』を売り出したのだ?」

「伽羅の香りを多くの方々にお届けしたいという気持ちからです」

「なぜ、鬢付け油だけに使ったのだ? 匂い袋は考えなかったのか」

「はい」

「なぜだ?」

「いろいろなものに広げ過ぎれば、価値が下がってしまいます」

「匂い袋だと、ほんものの伽羅だとすぐわかってしまうからではないのか。素人《しろうと》考えだが、鬢付け油のほうが様々なものを混ぜ合わせているのであろう。菜種《なたね》油《あぶら》や木蠟《もくろう》などに香料として伽羅を加えるのではないか。つまり、ほんものか否《いな》か、そのあやふやな様子を狙ったのではないか」

「………」

「卯三郎。わしは『伽羅の香り』に『鬼涙』が使われていると思っている。もし、そうだとしたら、なぜ、そなたが『鬼涙』を持っているのか」

剣一郎は卯三郎の目を見つめ、

「答えはひとつだ。そなたの後ろに念仏の五郎がいる。違うか」

「なぜ、そう思われるのかわかりません。『伽羅の香り』に『鬼涙』が使われているという思い込みからでしょうか」

「それが大きいが、もうひとつ気になることがある」

「なんでしょうか」

卯三郎が微かに不安そうな表情をした。

「そなたは、欲しくなったら他人のものでも何としてでも手に入れたがる性分だということであったな」

「はい」

「じつは、念仏の五郎もまさに同じ性分だということだ」

「………」

「不思議とは思わぬか。そなたと念仏の五郎は同じような人間だということになる」

「たまたまでしょう」

「いや、そうではない。ところで」

と、剣一郎は話題を変えた。

「おきちとどこで再会したのだ?」

「………」

「どうした？」

「言わないといけませんか」

「無理にとは言わぬが、出来たら知りたい」

「四年前、ある場所で偶然に会いました」

「どこだ？」

「…………」

卯三郎は俯《うつむ》いた。

「根津《ねづ》の遊郭《ゆうかく》です」

「遊郭？」

剣一郎は胸を突かれた。

「たまたま入った見世の敵娼《あいかた》がおきちでした。それまでずっと行商をしながら捜し回ったのですが、見つけ出すことは出来ませんでした。絶望しかけたとき、遊郭で再会したのです。おきちは逃げようとしました。会いたくなかったと泣いていました」

卯三郎はため息交《ま》じりに続ける。

「私は身請《みう》けするために金を稼《かせ》ごうと懸命に働きました。でも、稼ぎはたかがしれています。そんなときに、おきちの父親が訪ねてきたんです」

　卯三郎は一拍の間を置き、

「おきちを捜しに私のところにやってきたのです。遊郭にいると言うと、愕然《がくぜん》としていました」

「父親はそなたを知っていたのか」

「ええ、おきちが生まれた直後、何度か長屋にやってきました。そのとき、会っているんです」

「ひょっとして、父親がおきちを請け出したのか」

「はい。でも、そのころすでに父親は病に体を蝕《むしば》まれていました」

「この店を出す元手も父親が出しているのではないか」

「…………」

「どうなんだ？」

「そのとおりです」

「そなたは欲しいものを手に入れるために金に糸目を付けぬようだ。その金も、父親から出ているのではないのか」

「…………」

「まあ、いい。卯三郎、頼みがある」

「はい」

「おきちの父親に会わせてくれぬか」

「えっ」

「どうだ？」

「本人にきいて、お返事いたします」

卯三郎は複雑な表情で答えた。

「ところで」

剣一郎はさらにきいた。

「離れにいる桂木嘉門どのと向井久兵衛どのだが、ふたりは用心棒として雇っているのだな」

「はい」

「向井どのは病気の妻女を抱えている身であったな」

「はい」

「ふつう、用心棒を雇うなら、独り身の気楽な浪人を選ぶのではないか。用心棒という役目がら危険な目に直面することが多いはずだ。万が一、賊《ぞく》の手にかかれば、妻女がひとり残されることになる」

「それも承知の上でございます」

「これまで、ふたりが用心棒として働いたことはあったか」

「いえ、おふたりがいるというだけで、盗人も怖気《おじけ》づくのでしょう。実際に暴れていただいたことはありません」

「なるほど」

剣一郎は含み笑いをした。

「つまり、用心棒を雇う必要はないということだ」

「いえ、『伽羅の香り』が評判になっておりますので、土蔵には唸《うな》るほどの金があると思われています。備えはどうしても必要かと」

「わかった。では、おきちの父親の件、頼んだ」

「わかりました」

剣一郎は立ち上がった。

その夜、剣一郎は岩本町の長屋に鉄平を訪ねた。

腰高障子を開けると、鉄平は部屋の真ん中でじっと考え込んでいるふうだった。

「あっ、青柳さま」

鉄平はあわてて上り框《かまち》まで出てきた。

「どうだ、おいとを迎え入れる支度は出来ているか」

「はい」

「どうした？　何か浮かぬ顔だな」

「へえ」

鉄平は苦しそうな表情で、

「また、おいとといっしょに暮らせるようになるのはうれしいんですが、卯三郎と半年間もいっしょにいたってことが、どうしてもここんとこに張りついて離れないんです」

鉄平は自分の胸に手を当てた。

「だが、それもそなたが蒔いた種ではないか」

「へい、そうです。あんとき、卯三郎が現われなかったら、おいとを岡場所に売っていたかもしれません。そしたら、お腹の子も堕胎《だたい》させられていたかもしれません」

鉄平は悲しげな表情で続けた。

「頭ではわかっているんです。でも、どうしても、この半年近く、おいとが卯三郎に抱かれていたことを考えると息が出来なくなるんです」

「そうか。では、この際、おいとを引き取るのをやめたらどうだ？」

「えっ？」

「そんなことにこだわっているようでは、いっしょに暮らしてもうまくいくまい。そういうことが根にあると、些細《ささい》なことでもかっとなり、おいとに激しい言葉を浴びせるようになる。そなたのせいで、こういうことになったのに、そなたにそんな目で見られたら、おいとはいたたまれないだろう。このままでは、お互いに不幸になる」

「………」

「よし、わしがもう一度、卯三郎に伝えよう。鉄平はもうおいとといっしょに暮らすのは無理だと」

剣一郎は鉄平を見た。

鉄平は口をぱくぱくさせていた。言葉が思うように出ないようだ。その代わり、目から大粒の涙を流した。

「青柳さま、今の言葉は忘れてください。あっしが間違っていた。おいとに何があろうと、おいとに変わりはありません。あっしにはおいとが必要なんです。心を入れ替えて、いままでの埋め合わせをします」

「鉄平。偽《いつわ》りではあるまいな」

剣一郎は鋭い声できく。

「はい。本心です」

鉄平の目を見る。鉄平は見返した。目から涙がこぼれている。鉄平の心の叫びはほんものだと思った。

「よいか。この半年間、そなた以上に、おいとのほうが苦しかったはずだ。そのことを思いやるのだ」

「はい」

鉄平は大きく頷いた。

「鉄平」

剣一郎は口調を改めた。

「わしは『錦屋』の卯三郎を誤解していた」

「誤解？」

「卯三郎は欲しくなったら他人のものでも何としてでも手に入れたがる性分だと自分もそう言っていた。わしが、はじめて卯三郎に会ったとき、卯三郎はあろうことか貧しい母子から子どもが持っている風車を取り上げたのだ。金にものを言わせてな」

「そんなことが」

「ひどい話だと思ったが、きょうの昼間、その母子とまた会った。母親は卯三郎のおかげで助かったと感謝していた」

「…………」

「それから、長屋に住む浪人夫婦の家にあった香炉を気に入ったからと十両を出して取り上げた。だが、しばらくして飽きたからと言って香炉を返して寄越したそうだ」

「返した？」

「どういうことかわかるか。卯三郎は困窮《こんきゅう》している浪人夫婦に救いの手を差し伸べたのだ。十両を恵むことは相手の矜持を傷つけ、面目《めんもく》を損ないかねない。だから、あのような真似で助けたのだ」

「まさか……」

鉄平は衝撃を受けて飛び上がらんばかりになって、

「おいとを奪ったのも同じなんですかえ」

と、声を震わせた。

「そうだ。借金の肩代わりをしても、根っからの助けにはならない。そなたの性根を入れ替えさせるには、あのような方法しかなかったのだ。おいとは、あとで卯三郎から、そのことを知らされたはずだ。おいとはそなたが立ち直るのをずっと待っていたのだ」

「なんてこった。俺はそんなこととはつゆ知らず、卯三郎さんを憎《にく》み続けてきたんだ。なんてばかなんだ、俺は」

そう言い、鉄平は拳《こぶし》で自分の頭を叩いた。

「よいか。これからは、おいとを泣かすような真似は決してするな。子どもも生まれてくることだからな」

「胸にこたえました。必ずや、おいとと生まれてくる子を守っていきます。そして、いつか卯三郎さんに恩返しをさせていただきます」

鉄平は涙に濡《ぬ》れた顔をくしゃくしゃにしていた。

もう鉄平は心配ない。剣一郎はそう思った。

剣一郎は土間を出た。

その夜、寝入りばなに、多恵から起こされた。

「京之進さまの使いが玄関に」

「なに」

剣一郎はがばっと起き上がり、寝間着のまま玄関に行った。このような時間に使いを寄越すのはただ事ではない。

玄関に、奉行所の小者が待っていた。

「夜分に申し訳ございません。植村さまの言伝《ことづ》てでございます。泉州屋万治郎が斬られて死にました」

「なに、泉州屋が……」

「はい。斬ったのは饅頭笠の侍だそうです。先刻、『泉州屋』に強引に押し入り、奉公人を蹴散《けち》らし、泉州屋を追いかけまわして、斬ったそうです」

「なんと大胆な。で、饅頭笠の侍は？」

「そのまま逃げました。植村さまは明日の朝、改めて説明に上がりますということです」

「わかった。ご苦労であった」

「へい、では」

小者は引き上げた。

草間大三郎に間違いないであろう。きのうのきょうだ。よほど、泉州屋を許せなかったのだろう。

やはり、小野家から盗まれた『鬼涙』は『泉州屋』にあったのだ。そして、それを念仏の五郎が盗んだのであろう。

翌日、朝餉《あさげ》のあとに、京之進がやってきた。

「申し訳ございません。まさか、あのように強引に押し入って斬るとは想像もできませんでした」

「草間大三郎は並々ならぬ覚悟で泉州屋を襲ったのだ。誰も防ぎようはなかった。そなたのせいではない」

「はい」

「草間大三郎は泉州屋を斬るとき、何か叫んだのではないか」

剣一郎は泉州屋を責めていたことを思い出してきいた。

「番頭の話では、大泥棒と叫んでいたということです」

「大泥棒か。それは『鬼涙』のことを指しているのであろう」

「小野家の上屋敷から『鬼涙』を盗んだ賊は泉州屋と瀬戸家の依頼で忍び込んだのでしょうか」

「そうだ。だから、小野家は泉州屋と瀬戸家に復讐をしたのだろう。だが、わからぬことがある」

「なんでしょうか」

「小野家の瀬戸家への復讐と考えても、斬ったのは吉富紋之助ひとりだ。それだけで、瀬戸家への復讐と言えるのか」

「そうでございますね」

京之進も首を傾げた。

「ともかく、草間大三郎に会ってみる」

「はっ」

京之進が引きあげたあと、剣一郎は外出の支度をした。

最近、多恵の表情が優れないのは高四郎がますます弱っていっているからだ。

「事件解決の目途《めど》が立ってきた。片付いたら、わしも高四郎に会いに行く」

「はい」

多恵ははかない笑みを浮かべた。

半刻（一時間）後、剣一郎は小野家の上屋敷にやって来た。

門番所に行き、草間大三郎への面会を申し入れた。すると、番人の武士が、

「草間大三郎は先日、当家をやめました」

「なんですって」

「当家の家老より、南北の奉行所にも、草間大三郎が脱藩《だつぱん》したことを伝えているはずでございます。今後、草間大三郎の振る舞いについて当家とは一切関わりないということです」

「ご家老には無理でも、草間どのの上役にお会いできませぬか。ぜひ、お取り次ぎを」

剣一郎は訴えたが、

「草間大三郎のことでは、一切取り次ぎがぬように厳命されておりますゆえ」

番人は役儀に忠実に答えた。

剣一郎はやむなく引き上げた。

泉州屋万治郎を斬ったのは小野家の草間大三郎ではなく、浪人の草間大三郎ということだ。

泉州屋と草間大三郎は私的なことで確執《かくしつ》があったということでけりをつけさせようとしているのだ。

剣一郎は憤然と来た道を戻りかけたが、あとを追いかけてくる足音に立ち止まった。

「青柳さま」

駆けて来たのは、宮造だった。

「草間さまからのお言伝てです」

「言伝て？」

「はい。今宵《こよい》、先日お会いした入谷田圃《たんぼ》にある廃屋に来ていただきたいとのことです」

「よし、わかった。必ず行くと伝えよ」

「へい」

「待て」

行きかけた宮造を呼び止めた。

「ゆうべ、泉州屋が殺されたことを知っているな。まさか、おくみが手引きしたわけではあるまいな」

「とんでもない。違います」

「もし、そうなら、同罪だ。そなたも」

「違います、ほんとうです」

「しかし、草間大三郎どのの手先のように動いていることは事実だ。今も言伝てをもってきた」

「向こうが一方的に……」

「宮造。そなた、草間大三郎どのから金をもらっているな。手先であることの証《あかし》だ」

「そんな」

宮造は口をわななかせた。

「よいか。あとで大番屋におくみともども来てもらうことになろう。そのとき、正直に何でも話すのだ。よいな」

「へえ」

宮造はすごすごと引き上げて行った。

辺りは薄暗くなっていた。剣一郎は入谷田圃にある廃屋となった百姓家にやって来た。

廃屋に明かりはない。薄闇の中に、ゆっくり饅頭笠の侍が現われた。

「青柳どの、お待ちしていました」

「草間どの、小野家をなぜ去られた？　お家のためか」

「そういうことです」

「事情を話していただきたい」

「そのつもりでお出《い》でいただいた」

大三郎は饅頭笠を外した。眦が吊り上がっているが、鼻筋も通り、きりりとした顔立ちだ。三十過ぎにみえる。

「青柳どののご推察どおり、もともと『鬼涙』は小野家が所有していたもの。ところが、五年前に何者かに盗まれた。我が殿《との》はなんとしてでも取り返せと家中の者を叱咤《しった》した。それで、裏稼業に詳しい者を探し当て、『鬼涙』の探索を頼んだ。だが、見つからなかった。ところが半年近く前、『錦屋』で売られている『伽羅の香り』に『鬼涙』が使われていると知らせにきた者がいた」

「知らせてきた者がいると？」

「そうです。何者かわからない。すぐに『伽羅の香り』を買い求め、奥方に香りを確かめてもらったら『鬼涙』かもしれないという。それで、『錦屋』を調べさせた。だが、莨売りの姿で調べていた者が斬られた。同じころに『錦屋』を調べていた宮造という男から、瀬戸家の吉富紋之助の名を知りました」

大三郎は半拍《はんぱく》の間をとって、

「瀬戸家は念仏の五郎に盗まれた『鬼涙』を探しているという。つまり、小野家から『鬼涙』を盗んだのは瀬戸家だった。だが、瀬戸家に香に関心を寄せる人間がいるとは聞いたことがない。念仏の五郎は瀬戸家に押し入ったふた月後に『泉州屋』に押し入った。そこで、瀬戸家と『泉州屋』の関係を調べると、瀬戸家は『泉州屋』に頼まれて『鬼涙』を我が屋敷から盗ませたのだとわかりました。我が屋敷には瀬戸家と一戦交《まじ》えるべきだと言い出す過激な人間もいた。瀬戸家のほうでは、当方より先に念仏の五郎を見つけ出して口封じをしようと画策していた。だが、その前に、当方が瀬戸家のことを嗅ぎつけたというわけです」

「吉富紋之助はなぜ、草間どのにあのように簡単に斬られたのですか」

剣一郎は口をはさむ。

「我が殿の瀬戸家に対しての怒りはすさまじいものでした。このままでは家中の過激な人間に煽《あお》られ、殿は瀬戸家と一戦を交えかねない。そんなことをしたら、瀬戸家も小野家も喧嘩両成敗《りょうせいばい》でお互いに大きな損害を被《こうむ》る。そこで、吉富紋之助どののひとりの責任にし、瀬戸家は関係ないことにしようとしたのです。つまり、吉富どのが勝手に『泉州屋』と手を組み、盗人を雇い、我が屋敷から『鬼涙』を盗ませた。殿には、そう報告を申し上げた」

「…………」

「しかし、我が殿は吉富どのと泉州屋を成敗しろと私に命じました。それで、『泉州屋』に吉富どのが訪れる日を狙って、『泉州屋』に押し入り、ふたりを斬ろうとしたのです。ところが、宮造が『泉州屋』に青柳どのが待ち構えていると知らせてくれた。それで、急遽《きゅうきょ》、方針を変え、吉富どのを昌平橋で待ち伏せた」

「そういうわけでしたか」

「吉富どのと対峙《たいじ》したとき、私は自分の考えを訴えました。両家の対立を避けるためには吉富どののひとりが悪者になって欲しいと」

「吉富どのはあなたの考えを受け入れたのですね。だから、わざとあなたに斬られた」

「そうです。それから、昨夜は『鬼涙』を欲した張本人の泉州屋を斬りました。これで、我が殿は納得するはず」

「瀬戸家のほうはどうですか」

「小野家の家老がひそかに瀬戸家に話をつけにいっています。瀬戸家にとっては悪い話ではありません。『鬼涙』を盗んだ罪を消せるのですから」

「なぜ、瀬戸家は泉州屋の頼みを受けいれて『鬼涙』を手に入れたのですか」

「瀬戸家は泉州屋から一千両を得ています」

「『鬼涙』が一千両ですか」

「以上です」

そう言ったあと、いきなり大三郎は抜刀した。

「私は青柳どのを倒して江戸を離れます」

大三郎は正眼に構えた。

「草間どの。あなたは……」

剣一郎も剣を抜いた。

大三郎の脇《わき》を締めた構えに一分《いちぶ》の隙《すき》もない。体と剣が一体となっている。剣一郎は呼吸を整《ととの》えながら剣を構えた。

じりじりと迫り、間合いが詰まるや、大三郎は激しい勢いで斬り込んだ。

剣一郎は相手の剣を跳《は》ね返し、さらに斬りつけてきた剣を鎬《しのぎ》で受け止める。

鍔《つば》迫《ぜ》り合いになって、間近になった相手の目を睨《にら》みながら体の位置を入れ代える。

両者の動きが止まると、大三郎は渾身《こんしん》の力を込めて押し返し、次の瞬間、後ろに飛び退《の》いた。

大三郎は改めて正眼に構える。剣一郎もまた正眼に構え、向かい合った。

大三郎はつつっと間合いを詰めてきた。剣一郎はじっと待つ。さらに間合いが詰まった。

斬り合いの間に入った刹那《せつな》、大三郎が裂帛《れっぱく》の気合とともに斬り込んできた。剣一郎も踏み込んで再度相手の剣を受け止める。

だが、大三郎は手首を返し、剣一郎の剣を外し、横一文字に剣を薙《な》いだ。

剣一郎は身を翻《ひるがえ》し、鋭《するど》い切《き》っ先《さき》を逃れながら上段から斬り込む。大三郎はその剣を躱《かわ》したが、僅《わず》かに体勢を崩《くず》した。剣一郎は攻撃を続ける。

大三郎は後退りながら剣一郎の剣を何度も弾き返し、剣一郎が微かに攻撃の手を緩《ゆる》めた隙を逃さず、またもや裂帛の気合とともに斬り込んできた。大三郎の反撃に、今度は剣一郎が後退った。大三郎の剣はしなやかで、まるで生命《いのち》が宿《やど》っているかのように剣一郎に襲い掛かった。

凄《すさ》まじい攻撃を避けながら、剣一郎は大三郎の表情から苦悩の色が消えてきたことを不思議に思っていた。激しい斬り合いを楽しんでいる。そんな気がしてきた。

いったん大三郎は後ろに飛び退くと見せかけ、まるで最後の力を振り絞るように剣を振り上げて突進《とっしん》してきた。剣一郎も足を踏み込んで斬り込んだ。

剣一郎の剣のほうが僅かに速かった。すれ違いざまに相手の胴を斬った。

音を立てて崩れた大三郎に駆け寄り、

「草間どの」

と、剣一郎は肩を抱き上げた。

「最後に青柳どのほどの剣客《けんかく》と立ち合えたことで、もはや心残りはありません。これで瀬戸家も納得いたしましょう。青柳どの、あとをお願い……」

一瞬、剣一郎の腕にしがみついたが、大三郎はやがてその手から力が抜けていった。

ふつか後の昼過ぎ、剣一郎は橋場のおきちの家を訪れた。

きのう、卯三郎から、おきちの父親が会うと知らせてきたのだ。

格子戸を開けて訪問を告げると、卯三郎が出てきた。

「どうぞ」

「失礼する」

刀を腰から外し、右手に持ち替えて部屋に上がった。

奥の部屋で、年寄りが横たわっていた。瘦《や》せさらばえ、頰の肉もげっそり落ち、首は細く、はだけた胸元からあばら骨が浮き出ていた。

「話すのは苦しくはないか」

剣一郎は声をかけた。

「だいじょうぶです。きょうはなんだかとても気分がいいんです」

おきちの父親が口を開く。声は弱々しいが、はっきり聞き取れる。

「すでに聞いていると思うが、瀬戸家の吉富紋之助と泉州屋万治郎は小野家を脱藩した浪人草間大三郎に斬られた。草間大三郎はわしの手で成敗した」

「青柳さま。やっぱり、お見通しなんですね」

「うむ。念仏の五郎だな」

剣一郎は確かめる。

「はい。さようで」

傍らに、卯三郎とおきちが控えている。

「どうして、『鬼涙』を盗もうとしたのだ?」

「あれは人間の欲望を刺激するものでしてね。盗人の道に入ったんですがね。あっしは餓鬼《がき》のころから人さまのものを欲しがる性分でした。だから、盗人の道に入ったんですがね。五年ほど前、あっしと仲の良かった十蔵《じゅうぞう》という盗人が、何者かに惨殺されたんです。一仕事終えた直後のようでした。調べていくと、十蔵は大角寺という寺でたびたび瀬戸家の吉富紋之助と会っていたんです」

「なに、大角寺……」

剣一郎は寺男の話を思い出した。吉富紋之助が会っていたという四十半ばぐらいの男は十蔵だったようだ。

「その後、小野家の草間大三郎という武士が『鬼涙』という伽羅の原木を探していると聞き、ぴんときました。十蔵は吉富紋之助に頼まれて小野家から『鬼涙』を盗んだあと、口封じで殺されたのではないかと。それで、『鬼涙』は瀬戸家にあると睨み、忍び込みました。でも、伽羅の原木はありませんでした。さらに調べ、瀬戸家と『泉州屋』の関係がわかり、改めて『泉州屋』に忍び込み、『鬼涙』を手に入れたんです」

「それほどまでして、手に入れた『鬼涙』をどうして鬢付け油に使ったのだ?」

剣一郎は五郎の顔を覗き込む。五郎の目はらんらんと輝いていた。

「おきちですよ」

五郎がおきちに目を向けた。

「五年ほど前、あっしは突然、血を吐いて倒れたんです。そのときはしばらく寝ていて回復したのですが、だんだん体が蝕《むしば》まれていくような気がしました。そんな気弱な心持《こころも》ちのときに、ふとおきちのことを思い出したんです。おきちが二歳ぐらいのときに別れたきりでした。あんとき、どうしても江戸にいられない事情が出来て、上州《じょうしゅう》に逃げたんです。数年して江戸に戻りましたが、盗みのほうに精を出してましてね」

五郎は苦笑した。

「ともかく、おきちに会いに長屋を訪ねたらとうに引っ越していなかった。母親も死んでいたこともはじめて知りました。とにかく、おきちに会いたくて、そこで思い出したのが隣に住んでいた卯三郎です。当時十二、三歳でしたが、おきちをずいぶん可愛《かわい》がってくれていたのを覚えています。それから、卯三郎を捜しました。そして、やっと見つけ、おきちが苦界《くがい》に身を沈めていると知りました。その時分はさらに体の具合も悪くなっていました。そんなとき、羽黒山《はぐろさん》の行者《ぎょうじゃ》から、こう言われたんです。あっしの顔を見て、因業《いんごう》の報《むく》いがきていると。どうしたらいいかときいたら、強欲を捨て、善行を積めと。真人間になることで、自分自身を含め、周囲を仕合わせに出来る。そう諭《さと》されたんです」

五郎は卯三郎に目をやり、

「それから、盗みで貯めた金をよいことのために使おうと、卯三郎に頼んだんです」

「私は」

卯三郎が口をはさんだ。

「病に臥《ふ》したとっつあんに代わり、困っているひとを助けようとしました。でも、お金は恵むだけじゃ本人のためにならない。相手の面目を失わせてしまっては元も子もないと考え、強欲な人間を装って金を渡したんです。そうやって、善行を積めば、とっつあんの体もよくなる。そう信じて」

「卯三郎、おめえのおかげで俺は最後にいい夢を見ることが出来たんだ。実の娘につきっきりで看病してもらい、看取ってもらえるんだからな」

「とっつあん」

卯三郎が嗚咽《おえつ》をもらした。

「青柳さま。『鬼涙』ですが、あれはひとを迷わす魔物です。あんな木の根っこのために多くのひとが不幸になっていたんです。だから、鬢付け油に混ぜて、原木がなくなるまで使い切ろうとしたんです」

「小野家に、『伽羅の香り』に『鬼涙』が使われていると告げたのは、そのほうたちだったか」

「はい、瀬戸家と小野家の両方に。そろそろ『鬼涙』の原木はなくなります。そのことを『鬼涙』に群《むら》がったひとたちに知らしめたかったのです」

卯三郎が打ち明けた。

「では、これから『錦屋』はどうなるのだ？」

「青柳さま」

五郎が口を開いた。

「『錦屋』はあっしが盗んだ金で開いた店です。本来なら、お取り上げになっても文句は言えません。でも、出来たらこのまま続けさせていただきたいのです」

「しかし、肝心な『伽羅の香り』はもうなくなるではないか」

「はい。『伽羅の香り』なしで、細々とでも続けてもらいたいと思っています。堅気《かたぎ》になった手下の生活もありますので」

五郎は哀願《あいがん》するように、

「青柳さま。どうか、卯三郎や手下の者たちに寛大なお計らいを」

と、訴えた。

「わしは、そなたがほんものの念仏の五郎だという確信はない。いや、かえって疑わしいと思っている。それに、『伽羅の香り』に『鬼涙』が使われているという確信もない。ましてや、『鬼涙』がこの世に存在しないとすれば、なおさらそのようなことを取りざたしても無意味だ」

「青柳さま」

五郎の目じりが濡れていた。

「あまり長居をして病に障《さわ》るといけない、大事にな」

剣一郎は立ち上がった。

戸口まで、卯三郎とおきちが見送った。

「青柳さま、ありがとうございました。このとおりにございます」

卯三郎は深々と頭を下げた。

「ひとつ、教えて欲しい。信助のことだ」

「申し訳ございません。喧嘩別れをしたというのは、伽羅と同じ香りを造り出したことをもっともらしくさせるための偽りでございました。信助は『錦屋』で、『鬼涙』を削り、鬢付け油に香りを加える仕事をしています。もう、それも先が見えていますが」

「いや、それさえわかればいい。それから、念仏の五郎が盗んで貯めた金だが、世のために使ってくれることを期待している。今までのようにな」

「十分に心に刻んでおきます」

「おきち、思い残すことがないように父親を看病してやるのだ」

「はい」

おきちは目を潤ませて頷いた。

今戸に向かって歩き出したとき、どこからともなく太助が現われて並んだ。

「ほんとうに、そなたは猫のようだ」

「へえ。それより、信助のこと、わかりました。なんと、『錦屋』にいましたぜ」

「そうか、よくやった」

「で、おきちの父親は誰だったんですかえ」

「誰とは？」

「念仏の五郎じゃなかったんですかえ」

「太助、念仏の五郎の知り合いだ。五郎は江戸を離れたまま行方知れずだ」

「……そうですかえ。なんかすっきりしませんが、青柳さまがそう仰るならそれで構いません」

太助は何の屈託《くったく》もなく言う。

そんな太助に、剣一郎は救われる思いがした。

翌日、剣一郎は清左衛門に報告した。

清左衛門には真実を語った。もちろん、おきちの父親が念仏の五郎であることも。その上で、

「念仏の五郎は余命いくばくもありません。真人間になって、心静かにお迎えを待っているようです」

「そうか」

「つきましては、念仏の五郎の件はご寛大な措置をお願い出来ればと思います」

「今さら、詮議《せんぎ》にかけても取り調べは無理であろう。青柳どののよきように」

「ありがとうございます。では、泉州屋の件もさきほどのようにさせていただきます」

「うむ。それでよい。吉富紋之助と草間大三郎の忠義の心を無にしてはならぬからな。瀬戸家と小野家の争いを未然に防いだ功績は大いに讃《たた》えてしかるべきだ。表立ってそれが叶わぬのは悔しいが」

「宇野さまのお言葉、きっと草葉の陰で聞いて喜んでおりましょう。両名にとってなによりの誉《ほま》れかと思われます」

「ふたりに届いて欲しいものだ。ともかく、その件も、青柳どのの思うように片付けてもらいたい」

「それから宮造とおくみも、きつく叱《しか》った上で許してやりたいと思いますが」

「任せる」

「ありがとうございます」

剣一郎は頭を下げた。

その夜、屋敷に太助がやって来た。

悄然《しょうぜん》と庭先に立っていた。

「どうした？　何かあったのか」

剣一郎は不審に思った。

「橋場でご不幸があったようです」

「なに」

「『錦屋』の前を通りかかったら、卯三郎さんが駕籠で出かけるところでした。ひょっとしたらと思い、駕籠について行きました。橋場の家につくと、卯三郎さんは急いで家に入りました。しばらくして、お医者さんが出てきました」

「そうか、旅立ったか」

剣一郎は胸が詰まった。念仏の五郎が真人間になって旅立てたことはせめてもの救いだった。

「太助、ごくろうだったな」

「いえ、なんてこともありません」

そう言ったとき、太助の腹の虫が鳴った。

「太助、飯を食っていけ」

「いえ、とんでもない」

「遠慮するやつがあるか」

剣一郎は手を叩いて多恵を呼んだ。

「太助に夕餉《ゆうげ》を」

「はい。太助さん、勝手口のほうにまわってくださいな」

「いいんですかえ」

「もちろんだ」

太助は喜んで勝手口に向かった。

多恵が戻ってきた。

「女中の給仕で食べています」

「そうか」

「何かございましたか。お顔の色がすぐれませぬが」

「念仏の五郎が亡くなったのだ」

「…………」

多恵から返事がなかった。高四郎に思いを馳《は》せたのだろう。

「明日、高四郎のところに行ってくる」

「私もごいっしょいたします。なんだか胸騒ぎが……」

「念仏の五郎が亡くなった話をしたからだ。胸騒ぎは気のせいだ」

そう言ったが、剣一郎も胸が張り裂けそうになっていた。ふと、月が雲間から顔を出した。

「見ろ、いい月だ」

「ほんとうに」

多恵も強《し》いて明るく振る舞おうとしたが、長続きはしなかった。

願いをかけるように、多恵は思いつめた目を月に向けていた。剣一郎も押し黙って月を眺めていた。

伽羅の残香

一〇〇字書評

切り取り線

購買動機（新聞、雑誌名を記入するか、あるいは○をつけてください）

□（　　　　　　　　）の広告を見て	
□（　　　　　　　　）の書評を見て	
□ 知人のすすめで	□ タイトルに惹かれて
□ カバーが良かったから	□ 内容が面白そうだから
□ 好きな作家だから	□ 好きな分野の本だから

・最近、最も感銘を受けた作品名をお書き下さい

・あなたのお好きな作家名をお書き下さい

・その他、ご要望がありましたらお書き下さい

住所	〒				
氏名		職業		年齢	
Eメール	※携帯には配信できません	新刊情報等のメール配信を 希望する・しない			

この本の感想を、編集部までお寄せいただけたらありがたく存じます。今後の企画の参考にさせていただきます。Eメールでも結構です。

いただいた「一〇〇字書評」は、新聞・雑誌等に紹介させていただくことがあります。その場合はお礼として特製図書カードを差し上げます。

前ページの原稿用紙に書評をお書きの上、切り取り、左記までお送り下さい。宛先の住所は不要です。

なお、ご記入いただいたお名前、ご住所等は、書評紹介の事前了解、謝礼のお届けのためだけに利用し、そのほかの目的のために利用することはありません。

〒一〇一－八七〇一
祥伝社文庫編集長　坂口芳和
電話　〇三（三二六五）二〇八〇

祥伝社ホームページの「ブックレビュー」からも、書き込めます。

http://www.shodensha.co.jp/bookreview/

祥伝社文庫

伽羅《きゃら》の残香《ざんこう》　風烈廻《ふうれつまわ》り与力《よりき》・青柳剣一郎《あおやぎけんいちろう》

平成29年 9月20日　初版第1刷発行

著　者　小杉健治《こすぎけんじ》

発行者　辻　浩明

発行所　祥伝社《しょうでんしゃ》

東京都千代田区神田神保町3-3
〒101-8701
電話　03（3265）2081（販売部）
電話　03（3265）2080（編集部）
電話　03（3265）3622（業務部）
http://www.shodensha.co.jp/

印刷所　堀内印刷
製本所　積信堂
カバーフォーマットデザイン　中原達治

Printed in Japan ©2017, Kenji Kosugi ISBN978-4-396-34349-1 C0193

〈祥伝社文庫　今月の新刊〉

西村京太郎
十津川警部　七十年後の殺人
二重国籍の老歴史学者。沈黙に秘めた大戦の闇とは？　時を超え十津川の推理が閃く！

遠藤武文
原罪
雪室に置かれた刺殺体から始まる死の連鎖。三つの死が示す真実を刑事・城取が暴く！

加藤実秋
ゴールデンコンビ　婚活刑事&シンママ警察通訳人
イケメンなのに結婚できない刑事・直哉とバツ2でシングルマザーのアサが難事件に挑む！

葉室　麟
春雷《しゅんらい》　羽根藩シリーズ第三弾
怨嗟の声を一身に受け止め、改革を断行する新参者。鬼と謗られる孤高の男の想いとは？

小杉健治
伽羅《きゃら》の残香　風烈廻り与力・青柳剣一郎
欲にまみれた、富商、武家、盗賊の三つ巴の争い。剣一郎が見た悲しき結末とは……。

坂岡　真
恋はかげろう　新・のうらく侍
女の一途につけ込むワルは許さない！　なまけ者の与力が奮闘努力で悪を懲らしめる。

芝村凉也
鬼変　討魔戦記
瀬戸物商身延屋で起きた惨殺事件。新入りの小僧・市松だけが、忽然と姿を消した……

原田孔平
紅《くれない》の馬　浮かれ鳶の事件帖
一橋家の野望を打ち砕け。剣客旗本、本多控次郎見参！　早駆け競争に仕組まれた罠とは

五十嵐佳子
読売屋お吉　甘味とぉんと帖
菓子処の看板娘が瓦版記者に!?　無類の菓子好き、読売書きお吉の出会いと成長の物語。

簑輪　諒
最低の軍師
押し寄せる上杉謙信軍一万五千！　北条家に力を貸した幻の軍師白井浄三の凄絶な生涯

井沢元彦
驕奢《きょうしゃ》の宴《うたげ》（上）　信濃戦雲録第三部
『逆説の日本史』の著者が描く天下人秀吉の光と陰。戦国―欲と知略、そして力とは？

井沢元彦
驕奢《きょうしゃ》の宴《うたげ》（下）　信濃戦雲録第三部
構想・執筆30年の大河歴史小説ここに完結！　戦国の鍵を握る秘仏善光寺如来の行く末は？